Jory John / Mac Barnett

Miles & Niles

Hirnzellen im Hinterhalt

Jory John · Mac Barnett

MILES & NILES

HIRNZELLEN IM HINTERHALT

Aus dem Amerikanischen von Alexandra Ernst
Illustriert von Kevin Cornell

cbj

Dieses Buch ist auch als E-Book erhältlich.

Für Taylor – **MB**

Dieses Buch ist Alyssa gewidmet, meiner Mom Deborah und
Steve Malk, der immer an dieses Projekt geglaubt hat.
Ich werde mich so lange bei euch bedanken, bis die Kühe
von den Weiden kommen, was ziemlich lange dauern kann. – **JJ**

MIX
Papier aus verantwortungsvollen Quellen
FSC® C014496

Verlagsgruppe Random House FSC® N001967

8. Auflage

Die Originalausgabe erschien 2015 unter dem
Titel »The Terrible Two« bei
Amulet Books, an imprint of Abrams Books, New York

Aus dem Amerikanischen von Alexandra Ernst
Umschlagillustration: Kevin Cornell
Umschlaggestaltung: init | Kommunikationsdesign, Bad Oeynhausen
SK · Herstellung: kw
Satz: Uhl + Massopust, Aalen
Druck: GGP Media GmbH, Pößneck
ISBN: 978-3-570-16367-2
Printed in Germany

www.cbj-verlag.de

Kapitel 1

Willkommen in Yawnee Valley, einem idyllischen Örtchen mit weichen grünen Hügeln, sanft plätschernden Bächen und Kühen, so weit das Auge reicht. Da ist zufällig gerade eine.

Einige Fakten über Yawnee Valley: Wenn man alle Kühe von Yawnee Valley übereinanderstellte, würde der Stapel bis zum Mond reichen und wieder zurück. (Aber das ist wahrscheinlich keine gute Idee, weil Kühe Höhenangst haben und im Weltraum ohne Helm sowieso nicht atmen können.)

1836 wurde aufgrund eines falschen Wahlergebnisses eine Kuh zum Bürgermeister von Yawnee Valley ernannt. (Die Kuh wurde nach ihrer Amtszeit mit überwältigender Mehrheit wiedergewählt.) Eine Statue dieser Kuh steht immer noch auf dem Marktplatz der Stadt.

Wenn man sich einen ganzen Tag lang neben eine Kuh stellt, hört man sie ungefähr hundertmal muhen. Das Muh-Zählen ist eine beliebte Freizeitbeschäftigung in Yawnee Valley.

All dies macht Yawnee Valley zu einem sehr aufregenden Ort, wenn man sich für Kühe begeistern kann.

Miles Murphy konnte sich nicht für Kühe begeistern.

Kapitel 2

Das ist Miles Murphy. Er ist auf dem Weg nach Yawnee Valley. Schauen wir uns sein Gesicht doch einmal näher an.

Seht ihr das Stirnrunzeln? Die düstere Miene? Seht ihr, wie er das Gesicht gegen das Autofenster drückt, als ob er versuchen würde wegzulaufen?

Hört ihr ihn seufzen?

Das ist der hundertste Seufzer am heutigen Tag.

»Miles, hör auf zu seufzen«, sagte Judy Murphy, die am Steuer saß. »Wir bekommen ein neues Haus! Du bekommst ein größeres Zimmer! Und einen Garten! Wir fangen neu an. Also wäre wohl ein Lächeln angebracht.«

Aber Miles konnte nicht lächeln, weil er über den Umzug nach Yawnee Valley sehr traurig war. Traurig, weil er seinen Freunden Carl und Ben Lebewohl sagen musste. Traurig, weil er seiner alten Wohnung in dem rosafarbenen Haus am Meer Lebewohl sagen musste. Traurig, seinem alten Zimmer Lebewohl zu sagen, wo alle vier Wände und die Decke mit Landkarten beklebt waren. Er hatte versucht, die Karten mitzunehmen, aber sie zerrissen, als er sie lösen wollte. (Er hätte sie halt nicht so gut festkleben sollen.) Er war traurig, weil er sich von *Max' Market* verabschieden musste, seinem allerliebsten Süßigkeitenladen. Und er trauerte seinem Ruf als größtem Witzbold und Trickser der Schule nach, den er sich in vielen Jahren harter Arbeit und brillanter Genieblitze redlich verdient hatte.

Miles hoffte insgeheim, dass sie umkehren und nach Hause fahren würden. Aber der Wagen rollte immer weiter und jetzt kamen sie an diesem Schild vorbei:

Kapitel 3

Es war schon weit nach Mitternacht und Miles lief in seinem neuen Zimmer hin und her. Es war zu groß. Die Wände waren zu weiß. Überall standen Kartons. Er hätte schlafen sollen, aber er war wach, weil alles an diesem Zimmer falsch war. Das ganze Haus war falsch. Der Garten war ebenfalls falsch. Miles wollte keine großen Zimmer oder Häuser oder Gärten. Das war kein Neuanfang. Okay, es war schon ein Anfang, aber ein mieser. Er schaltete die Lampe aus, die auf einem Karton stand, und ging wieder ins Bett.

Miles konnte nicht schlafen. Durch das Fenster seines alten Zimmers hatte er dem Klang der Brandung gelauscht, die ihn in den Schlummer gelullt hatte.

Miles stand auf und öffnete das Fenster. Irgendwo in der Ferne muhte eine Kuh.

Die Luft vor seinem alten Fenster hatte nach Meer gerochen. Diese Luft hier roch nach Kühen.

Heute war ein mieser Tag, aber morgen würde es noch schlimmer werden. Morgen musste er in seine neue Schule.

Mit einer bösen Vorahnung ging Miles ins Bett.

Kapitel 4

Mit einer bösen Vorahnung wachte Miles auf.

Er öffnete die Augen und starrte an seine leere Zimmerdecke. Letzte Nacht hatte er geträumt, es wäre alles nur ein Traum gewesen, und jetzt wünschte er sich, er würde immer noch träumen.

Miles machte die Augen wieder zu. Ganz fest. Er versuchte, noch einmal einzuschlafen, aber er hörte seine Mutter in der Küche rumoren. Sie machte das Frühstück. Es roch nach Eiern. Und nach Kühen. Aber das lag vermutlich nicht an den Eiern, sondern an den Kühen.

Miles stand auf und aß die Eier. Sie schmeckten nach böser Vorahnung, obwohl das vermutlich ebenfalls nicht an den Eiern, sondern nur an der Vorahnung lag.

Die Vorahnung verließ ihn auch auf der Fahrt zur Yawnee Valley Akademie der Wissenschaft und Kunst nicht.

»Mom, was hältst du davon, wenn ich dieses Schuljahr überspringe?«, fragte Miles. »Das machen viele Kinder. Dann könnte ich dieses Jahr an verschiedenen Projekten arbeiten. Du weißt ja, ich habe immer viele Ideen für Projekte. Wie fändest du es, wenn ich ein Projekt-Jahr einlegen würde?«

»Miles, wenn man ein Schuljahr überspringt, bekommt man kein Jahr frei. Man fängt direkt mit dem nächsten Schuljahr an.«

»Das weiß ich, Mom. Aber wenn ich das täte, wäre ich jünger als meine Klassenkameraden. Das wäre nicht gut für meine Entwicklung. Deshalb ist das Projekt-Jahr eine fabelhafte Idee.«

»Du bekommst kein Projekt-Jahr.«

»Vielleicht könnte ich in diesem Jahr reisen. Du weißt doch, dass ich die Welt sehen will! Man sagt, dass Reisen ungeheuer bildet.«

»Nein.«

»Vielleicht könnte ich mir auch ein Sabbat-Jahr gönnen. Weißt du, was ein Sabbat-Jahr ist, Mom?«

»Ja. Weißt *du* es?«

»Es ist ungefähr das Gleiche wie ein Projekt-Jahr.«

»Nein.«

Vor der Schule hielten sie an.

»Hast du auch alles?«, fragte Judy.

Miles schaute noch mal nach. Er hatte seinen neuen Rucksack, seine neue Provianttasche, in der sich sein Mittagessen befand, seinen neuen Ordner, seine neuen Hefter, seine neue Jacke und – von grundlegender Wichtigkeit – sein altes Notizbuch.

Von außen betrachtet sah das Notizbuch natürlich stinklangweilig aus (damit es keinen Verdacht erregte), aber das Innere bestand aus Plänen und Kartenmaterial und Notizen und Skizzen für die besten Streiche, die Miles an seiner alten Schule ausgebrütet und durchgeführt hatte.

Der Geisterstreich. Der Streich mit dem fehlenden Schneidezahn. Operation: Klatschnasse Hausaufgaben. Sie alle standen in dem Notizbuch und noch unzählige weitere. Der Streich mit den zwei Katzen statt einem Hund. Der Fisch im Bett. Limonade ohne Zucker. Mission: Fleischpastete. Das waren die großartigen Taten, die Miles berühmt gemacht hatten. Ketchup, der wie Blut aussieht. Überall Rosinen. Operation: Sandige Shorts.

Am ersten Tag in einer neuen Schule in einer neuen Stadt muss man sich entscheiden, was für ein Typ man sein will. Man kann ein Klugscheißer sein oder der mit den coolen Schuhen. Man kann Fachmann für Oldtimer sein oder derjenige, der die neuesten Nachrichten weiß oder alles über den Ersten Weltkrieg. Man kann der Typ sein, der immer einen Labello in der Hosentasche hat, der Schachgroßmeister, der Basketball-Star, der Schülersprecher. Der wohltätige Typ, der Hilfsgüterlieferungen organisiert. Der Streber, der in der ersten Reihe sitzt. Die Penntüte aus der letzten Reihe. Die Laberbacke, die immer die Hand hebt, egal ob sie die Antwort weiß oder nicht. Der Glückliche, der Filme gucken darf, die eigentlich erst ab 16 sind. Der Unglückliche, der keine Filme ab 16 gucken darf, aber behauptet, er hätte sie alle gesehen. Die arme Socke, deren Familie gar keinen Fernseher hat und die immer bei den anderen fernsehen will.

Am ersten Tag in der Schule kann man einen französischen Akzent vortäuschen. Man kann dem Lehrer ein Geschenk mitbringen und Lieblingsschüler werden. Oder Süßigkeitenverteiler. Oder ein manischer Bleistiftspitzer, der vom vielen Drehen einen Krampf in den Unterarm bekommt. Oder die Transuse, die zwei verschiedene Socken anzieht. Der harte Typ, der jeden Tag mit Shorts in

die Schule kommt, auch wenn es draußen friert und schneit. Heute war der Tag, an dem man ein neuer Mensch werden konnte. Und dieser Mensch war man dann sein Leben lang.

Aber Miles wollte nichts davon sein. Er wollte in erster Linie nicht der Neue an der Schule sein. Miles wollte derselbe sein, der er auch an seiner alten Schule gewesen war: der Witzbold. Der Trickser. Der Trickser mit den allerbesten Tricks und Streichen, die seine alte Schule je erlebt hatte. Er wollte der beste Trickser seiner neuen Schule werden.

»Tschüss, Mom.« Er stieg aus und betrachtete die Yawnee Valley Akademie für Wissenschaft und Kunst. Es war ein viereckiges Backsteingebäude in Form eines viereckigen Backsteins. Miles entdeckte alles, was zu einer normalen Schule gehört.

Ein normales Vordach.

Eine normale Flagge an einem normalen Fahnenmast.

Normale Hecken.

Normale Bäume.

Ein normaler Haupteingang, der von einem normalen Auto versperrt wurde.

Moment. Da stimmte was nicht. Miles schaute nochmal hin.

Er näherte sich einer Gruppe von Kindern. Er hörte Kichern. Er hörte Schnauben. Er hörte sogar die eine oder andere Lachsalve.

»Da steht ein Auto auf der Treppe«, sagte jemand und sprach damit aus, was offensichtlich war.

»Was ist hier los?«, fragte derselbe Schüler. »Ich meine, echt jetzt, Mann, ey, kann mir das mal jemand sagen?«

Der Junge hieß Stuart. Alle hätten ihm sagen können, was los war, aber niemand machte sich die Mühe. (Das passierte Stuart ständig.)

Miles' Herz klopfte schnell.

Die Klingel ertönte und gleich darauf ging die Alarmanlage des Autos los.

Keiner rührte sich.

»Aber, echt jetzt, Mann, ey, wie sollen wir denn in die Schule kommen, wo doch ein Auto unseren Eingang versperrt?«, heulte Stuart hysterisch.

Zum ersten Mal, seit er sein altes Zuhause verlassen hatte, lächelte Miles. Das war ein ziemlich guter Streich.

Dann hörte er auf zu lächeln.

Es war ein *sehr* guter Streich.

Es sah ganz danach aus, als gäbe es an dieser Schule bereits einen Trickser. Einen sehr guten Trickser.

Miles Murphy hatte keine Ahnung vom Ersten Weltkrieg und er hatte nie einen Labello in der Tasche. Wenn Miles nicht der beste Trickser der Schule wurde, dann war er ein Niemand.

Kapitel 5

Schulleiter Barkin war kein Niemand. Schulleiter Barkin war Schulleiter. Schulleiter Barkin war der Schulleiter der Yawnee Valley Akademie für Wissenschaft und Kunst, und als er in diesem Moment auf das gelbe Auto oben auf der Treppe starrte, war er zudem noch ein sehr wütender Mann.

Noch vor Kurzem war Schulleiter Barkin ein sehr glücklicher Mann gewesen, und zwar genau um 4:44 Uhr in der Frühe, als er aufwachte, eine Minute bevor sein Wecker klingelte. Es war der erste Tag des neuen Schuljahrs und niemand in ganz Yawnee Valley hätte glücklicher sein können.

Er sprang aus dem Bett.

Dann unter die Dusche: das Haar zwei Minuten shampoonieren, danach die Spülung fünf Minuten einwirken lassen und zwei Minuten lang ein neues Lied singen, das er gerade komponiert hatte.

»Ihr lieben Leut', ab in die Schule. / Schule, Schule, Schule, Schule.«

Als Nächstes holte er seine Lieblingskrawatte aus dem Schrank. (Das dauerte eine Minute.)

Sie war rot, ohne Muster.

BB

Auf der Krawatte befand sich ein kleiner Senffleck, aber das machte nichts. Wichtig war bloß, dass die Farbe – das Rot der Krawatte, nicht das Gelb des Flecks – die Farbe der absoluten Macht war. Man musste immer Rot tragen. Präsidenten wussten das. Banker wussten das. Und Barkin wusste es auch.

Er verspeiste sein Frühstück: Cornflakes auf Toast, ein Gericht, das sein Urgroßvater erfunden und »das Barkin-Brötchen« getauft hatte.

Dann nahm er sich genau sechs Minuten, um zu lesen – und zwar das wichtigste Kapitel in seinem Lieblingsbuch *Die sieben Prinzipien der absoluten Macht*.

Schulleiter Barkin setzte sich in sein Auto, ließ sich in den Ledersitz sinken und fuhr noch vor Sonnenaufgang zur Arbeit.

Er war der Erste, der an diesem Morgen auf den Parkplatz hinter der Schule fuhr, genau wie jeden Morgen, und er parkte auf

dem extra reservierten Platz, den er mit einem selbst geschriebenen Schild versehen hatte.

Schulleiter Barkin stieg aus dem Auto und wischte mit der Rückseite seiner Krawatte einen Fleck von der Windschutzscheibe. Er schaute zum Schulgebäude, atmete voller Stolz tief durch und betrat die Schule durch den Hintereingang.

Schulleiter Barkin ging zu seinem Büro und setzte sich auf seinen Stuhl. Er ließ die Fingerknöchel knacken. Er spitzte einen Bleistift. Dann beugte er sich über ein blütenweißes Blatt Papier und setzte die übliche Power-Rede zum ersten Schultag auf.

»Ich bin Schulleiter Barkin, und ich bin euer Schulleiter«, schrieb er und strich es dann wieder aus. Es war nicht leicht, eine Power-Rede zu verfassen. Er war ein bisschen eingerostet und eine gute Power-Rede erforderte vollkommene Konzentration. Um 6:15 Uhr klingelte das Telefon. Barkin hob ab und kläffte ein ungehaltenes »Ja?« in den Hörer.

»Hallöchen! Hier ist der Amarillo-Schreibwarenbedarf aus Amarillo, Texas. Wie geht's denn so? Also hören Sie mal: Ich mache Ihnen einen guten Preis für Büroklammern oder Tacker. Mögen Sie Tacker, mein Bester?«

»Nicht jetzt!«, donnerte Schulleiter Barkin. »Ich schreibe gerade eine Power-Rede.«

Schulleiter Barkin knallte den Hörer auf.

Um 6:21 Uhr klingelte das Telefon wieder. Schulleiter Barkin hob ab, allerdings verkehrt herum, und brüllte »Was?!« in das falsche Ende des Hörers. Dann drehte er ihn um und brüllte »Was?!« in das richtige Ende des Hörers.

»Hallo, guter Mann.« Dieser Anrufer sprach mit einem näselnden britischen Akzent. »Wie geht es Ihren Fenstern heute Morgen? Sind sie sauber? Hier ist die Laramie-Reinigungsmittel GmbH & Co. KG und wir haben einen großartigen Glasreiniger im Angebot.«

»Keine Zeit!«, brüllte Barkin. »Power-Rede!«

»Sie fragen sich sicher, wieso ein Engländer wie ich in Wyoming gelandet ist und Putzmittel verkauft. Das ist eine wirklich interessante Geschichte …«

»Jetzt nicht!« Barkin knallte den Hörer auf.

Um 6:36 Uhr klingelte das Telefon abermals. Barkin stand auf. Er wusste, was er zu tun hatte.

Jeder Schulleiter sollte in seiner Schule einen Ort haben, den außer ihm niemand kennt, wohin er sich zurückziehen und wo er nachdenken und planen kann – oder ungestört Power-Reden schreiben.

Schulleiter Barkin machte sich zu einem solchen Ort auf, einem geheimen Ort, wo er König war – zu seiner Burg, seiner Grafschaft, seinem verborgenen Land der Hoffnung und Träume: zur Besenkammer im zweiten Stock.

Barkin schob einen Wischmopp weg und zog an einer Kette, um das Licht einzuschalten. Ein weiterer Mopp stand im Weg und er stellte auch den beiseite. Dann setzte er sich auf einen umgedrehten Eimer. Und dann begann er zu schreiben. Barkin schrieb voller Feuereifer und Inspiration an seiner Rede und vergaß darüber die Zeit. Es dauerte eine Stunde. Um 7:38 Uhr verließ er die Besenkammer, in der Hand die möglicherweise großartigste Power-Rede zum ersten Schultag in der Geschichte der Yawnee Valley Akademie für Wissenschaft und Kunst. Als er auf dem Weg zu seinem Büro am Haupteingang vorbeikam, warf er einen Blick durch die Glastür nach draußen und sah ein Auto auf der Treppe stehen. Sein Auto.

Kapitel 6

Vierzig Dinge, die als Nächstes passierten:

1. Schulleiter Barkin warf vor Schreck seine Power-Rede hin.
2. Er rannte zur Tür.
3. Er stellte sich hinter die Glastür und starrte auf sein Auto.
4. Er bemerkte Grüppchen von Schülern, die sich auf dem Rasen versammelten.
5. Er schaute auf seine Armbanduhr. Noch neunzehn Minuten bis zum Beginn der ersten Stunde.
6. *Denk nach!*, dachte er.
7. Schulleiter Barkin kramte seine Autoschlüssel aus der Hosentasche und ließ sie gleich wieder fallen.
8. Er hob die Autoschlüssel auf.
9. Schulleiter Barkin trat aus dem Schulgebäude und krabbelte über die Motorhaube seines Autos.
10. Er schloss die Fahrertür auf und stieg ein.
11. Er ließ den Motor an.
12. Er stellte die Automatik auf »Fahren«.
13. Ihm wurde klar, dass er seinen Wagen nicht die Treppe hinunterfahren konnte.

14. Er schaltete den Motor aus.
15. *Denk nach!*, dachte er.
16. Wieder ließ er den Motor an und legte den Rückwärtsgang ein.
17. Er trat auf die Bremse.
18. »Die Treppe!«, stöhnte Schulleiter Barkin.
19. Er stieg wieder aus und krabbelte über die Motorhaube.
20. Schulleiter Barkin stellte sich erneut hinter die Glastür und überlegte, was er als Nächstes tun sollte.
21. Er rannte in sein Büro und wählte die Nummer des Abschleppdienstes.
22. Er fragte den Chef des Abschleppdienstes, ob es möglich sei, einen Wagen eine Treppe hinunter abzuschleppen.
23. Der Chef verneinte.
24. Schulleiter Barkin rief die Polizei von Yawnee Valley an und bat den diensthabenden Beamten um einen Hubschrauber, der sein Auto von der Schultreppe auf den Parkplatz heben könnte.
25. Der diensthabende Beamte verneinte.
26. Barkin knallte den Hörer auf.
27. Er hob ihn wieder hoch, um nachzusehen, ob das Telefon noch funktionierte.
28. Er rannte zurück zum Eingang.
29. Er starrte erneut auf seinen wunderschönen Wagen mit der sonnengelben Lackierung und der Lederausstattung.
30. Er schaute auf seine Armbanduhr. In drei Minuten begann

die erste Stunde. *Wie kann ich die Schüler reinholen?*, fragte er sich.

31. Er dachte darüber nach, ob er die Schule ausfallen lassen sollte. Noch nie hatte ein Schulleiter der Yawnee Valley Akademie für Wissenschaft und Kunst die Schule ausfallen lassen, nicht seit dem Schneesturm Anno 1932.
32. *Es muss einen Weg geben*, dachte er.
33. *Nein*, dachte er.
34. *Aber ich kann doch die Schule nicht ausfallen lassen*, dachte er.
35. *Aber die Lederausstattung*, dachte er.
36. Es klingelte.
37. Schulleiter Barkin wusste, was zu tun war.
38. Er öffnete die Glastür und trat hinaus.
39. Er kletterte auf sein Wagendach.
40. Er räusperte sich und fing an zu sprechen.

Kapitel 7

Miles Murphy stand auf dem Rasen vor der Yawnee Valley Akademie für Wissenschaft und Kunst und sah, wie ein Mann auf das Auto kletterte. Der Mann räusperte sich und fing an zu sprechen.

»Guten Morgen, Schüler. Wer war das?«

Niemand sagte etwas. Irgendwo in der Ferne muhte eine Kuh.

Schulleiter Barkin hatte sich schon gedacht, dass es nicht so leicht werden würde. »Ich verstehe. Nun, aufgrund der misslichen Umstände muss ich heute Morgen – am ersten Morgen des, so hoffe ich, besten Schuljahres an der Yawnee Valley Akademie für Wissenschaft und Kunst – alle Schüler, Lehrer und sonstigen Mitarbeiter auffordern, die Schule durch meinen Wagen zu betreten. Wobei ich darum bitten möchte, mit der Lederausstattung besondere Sorgfalt walten zu lassen. Ich habe den Wagen erst diesen

Sommer umrüsten lassen, als ein vorgezogenes Geburtstagsgeschenk für mich selbst, sozusagen … Mein Geburtstag ist übrigens in drei Wochen, falls jemand sich das Datum notieren und seine Dankbarkeit für seinen Schulleiter mit einer kleinen Aufmerksamkeit unterstreichen möchte … Aber wie auch immer: Ihr werdet heute durch meinen Wagen in die Schule gehen.«

»Aber …«, setzte ein Junge neben Miles an.

Barkin warf ihm einen scharfen Blick zu.

»Während ich Ihre Sorge um die Lederausstattung meines Wagens zu schätzen weiß, Mr Jenkins, darf ich Ihnen versichern, dass ich über alle Alternativen nachgedacht habe. Es gibt keine Alternative.«

»Aber …«, sagte ein Mädchen ganz vorn in der Menge.

»Tut mir leid, Miss Neeser, aber wenn Sie und Ihre Klassenkameraden glauben, dass ich die Schule ausfallen lasse, dann haben Sie sich geirrt.«

»Aber …«

»ES GIBT KEINE ALTERNATIVE!«, brüllte Barkin. »ICH WERDE JETZT VON MEINEM WAGEN STEIGEN UND DIE TÜREN ÖFFNEN. UND WENN ICH IN DIESE PFEIFE BLASE, WERDEN SIE VORSICHTIG DURCH MEINEN

WAGEN HINDURCHKLETTERN UND IN IHRE KLASSENZIMMER GEHEN! ABER BEVOR WIR UNSEREN SCHULTAG BEGINNEN, MÖCHTE ICH IHNEN ALLEN VERSICHERN, DASS ICH DEN ODER DIE SCHÜLER AUSFINDIG MACHEN WERDE, DIE HIERFÜR VERANTWORTLICH SIND. UND WIR FANGEN SOFORT MIT DER UNTERSUCHUNG AN. UND MIT SOFORT MEINE ICH SOFORT, NOCH BEVOR ICH DIESE PFEIFE AN DIE LIPPEN SETZE. DENKEN SIE IMMER DARAN: ICH BEOBACHTE SIE, ICH BEOBACHTE SIE ALLE, UND ICH WERDE NICHT RUHEN, BIS ICH DEN SCHULDIGEN GEFUNDEN HABE. UND NUN: AUF ZU UNSEREM BESTEN JAHR AN DER YAWNEE VALLEY AKADEMIE FÜR WISSENSCHAFT UND KUNST.«

Nachdem Barkin einen schrillen Pfiff ausgestoßen hatte, stellten sich die Schüler in einer Reihe auf und krabbelten einer nach dem anderen durch den Wagen. Schulleiter Barkin schaute zu, winselte leise, wand sich vor

Qual. Und sagte Sachen wie: »DIESE SCHUHE SEHEN SCHMUTZIG AUS, MISS BERGNER!«

Und: »WER HAT DAS NASSE LAUB REINGESCHLEPPT?«

Und: »DA LAG KLEINGELD! WO IST MEIN KLEINGELD HIN?«

So sah der Wagen von Schulleiter Barkin am Morgen aus, als er damit zur Schule gefahren war.

Und so sah Schulleiter Barkins Wagen aus, als Miles Murphy, der vorletzte Schüler, hineinkroch.

Nachdem Miles sich vorsichtig durch das Auto geschoben hatte, hörte er, wie der letzte Schüler in der Schlange – ein kräftiger Junge, der aussah wie Schulleiter Barkin in klein – sagte: »Aber Dad ...«

»WAS IST, JOSH?«

»Warum hast du uns nicht einfach durch den Hintereingang reingelassen?« Und dann setzte Josh hinzu, allerdings so leise, dass nur Miles es hörte: »Du Brotgehirn.«

Es stimmte. Die Schule hatte einen Hintereingang und Barkin hatte ihn am Morgen selbst benutzt. (Siehe Seite 22.)

Schulleiter Barkin starrte auf ein paar Kühe, die in einiger Entfernung auf einer Weide standen.

Keine muhte.

Kapitel 8

In der Schule herrschte Chaos.

»WER WAR ES? WARST DU ES?«, brüllte Schulleiter Barkin, während die Schüler an ihm vorbeiströmten. »ODER DU?«

Keiner schaute ihn an. Sie wussten es besser. Außer Miles, der noch nie erlebt hatte, dass sich eine Autoritätsperson so benahm. Er hatte auch noch nie erlebt, dass eine Autoritätsperson so aussah: Schulleiter Barkins Gesicht war so dunkelrot, dass es fast lila wirkte, wie eine Weintraube oder ein besonders schöner Sonnenuntergang über dem Meer in Miles' alter Stadt. Sein früherer Schulleiter war auch wütend geworden, aber er hatte nie gebrüllt. Und er war auch nie lila geworden. Das war faszinierend.

»WARST DU ES?« Schulleiter Barkin stieß Miles den Finger vor das Gesicht. Der Finger war lang und kreidebleich, weil sich das meiste von Barkins Blut in seinem Kopf befand.

»Häh?«, sagte Miles. Das war immer ein guter Kommentar, wenn Ärger drohte.

»DU. DAS IST MEINE SCHULE UND DICH HABE ICH NOCH NIE GESEHEN. WARUM BIST DU HIER?«

»Ich bin der Neue«, sagte Miles.

Schulleiter Barkins Gesichtsfarbe hellte sich etwas auf. »Und wie lautet dein Name, Junge?«

»Miles.«

»Das gefällt mir gar nicht«, sagte Schulleiter Barkin. »Wir haben bereits einen Niles an dieser Schule.«

»Mein Name ist *Miles*.«

»Nun, das ist besser, aber immer noch ein bisschen verwirrend. Vielleicht solltest du Tony heißen. Oder Chuck.«

»Ich möchte gerne meinen eigenen Namen behalten. Miles«, sagte Miles.

»Aha, du hast also auch noch eine große Klappe, was? Was mich zu meiner ursprünglichen Frage zurückbringt: WARST DU ES?«

»War ich was?«

»Hast du meinen Wagen oben auf die Treppe gestellt?«

»Nein, Sir. Ich habe noch nicht mal einen Führerschein.«

»Genau deshalb hättest du meinen Wagen nicht fahren dürfen! UND NICHT NUR DESWEGEN!«

»Aber ich habe Ihren Wagen nicht gefahren.«

»Und wie ist er dann auf die Treppe gekommen?«, fragte Barkin. »Und wie soll ich ihn wieder runterbekommen?«

»Ich weiß nicht, Sir.«

Schulleiter Barkin funkelte ihn an. »Nun, *Miles*. Ich werde dich im Auge behalten. Nein, ich werde dich in beiden Augen behalten. Aber in der Zwischenzeit: Willkommen in der Yawnee Valley Akademie der Wissenschaft und Kunst. Wie gefällt es dir in unserer Stadt?«

»Och, ganz nett«, sagte Miles.

»Ganz nett? Was soll das heißen? Yawnee Valley ist das Paradies! Grasland und Kühe, so weit das Auge reicht, Miles. Yawnee Valley ist die kuhreichste Stadt diesseits des Mississippi, abgesehen von ein paar anderen Städten. Aber die mogeln.«

»Ja ... Ich schätze, ich finde Kühe einfach nicht so spannend«, sagte Miles.

Schulleiter Barkins Gesicht wurde wieder dunkler – veilchenlila, vielleicht.

Irgendwo in der Ferne muhte eine Kuh.

Schulleiter Barkin deutete auf das Muhen. Dann deutete er auf Miles. »Nicht so spannend?«, wiederholte er. »NICHT SO SPANNEND?«

»Na ja«, sagte Miles. »Ähm.«

»Miles, wenn du Kühe nicht spannend findest, dann nur deshalb, weil du die wirklich spannenden Tatsachen über Kühe nicht kennst. Hier, lies das.«

Barkin griff nach hinten in seine Bauchtasche, die ihm traditionell über dem Gesäß hing, und zog eine Broschüre heraus.

Er schob Miles die Broschüre zu. »Nimm das. Lies das. Liebe es. Es ist wahrscheinlich mein Lieblingsbuch, und nicht nur weil ich das Vorwort geschrieben habe.«

»Danke«, sagte Miles. »Aber ich möchte Ihnen nicht Ihr einziges Exemplar wegnehmen.«

»Das ist nicht mein einziges Exemplar. Ich habe noch viel mehr.«

Miles fragte sich, ob er jetzt in seine Klasse gehen dürfe.

Aber Schulleiter Barkin verstellte ihm immer noch den Weg. »Noch eine letzte Sache. Bei uns bekommen alle neuen Schüler einen Freund zur Seite gestellt. Jemand, der sich hier auf dem Gelände auskennt, der mit der Schulordnung vertraut ist, der weiß, was man darf und was nicht, einschließlich der Tatsache, dass es verboten ist, meinen Wagen zu fahren. Da du unser einziger Neuer in diesem Schuljahr bist, hast du das Glück, unseren besten Schüler zu bekommen. Niles!«

Ein kleiner blonder Junge kam zum Schulleiter gerannt. Er trug eine Schärpe, auf der SCHULHELFER stand.

»Miles, dies ist Niles Sparks«, erklärte Schulleiter Barkin. »Niles habe ich von allen Schülern am meisten ins Herz geschlossen. Niles, dies ist Miles Murphy. Miles habe ich im Verdacht, meinen Wagen entführt und oben auf die Schultreppe gestellt zu haben.«

Niles streckte die Hand aus, den Ellbogen ganz leicht gebeugt, die Augen ohne zu blinzeln auf Miles gerichtet. Er war der Typ, der seinen Handschlag vor dem Spiegel übte.

Einen Niles gab es an jeder Schule. Er war der Liebling der Lehrer. Der Schleimer. Die Petze. Und Miles sollte seine Hand schütteln?

»Tut mir leid, ich bin erkältet«, sagte Miles.

Niles senkte den Arm.

Schulleiter Barkin runzelte die Stirn. »Nun, Handschlag oder nicht, ihr beide seid von nun an Schulfreunde. Und das ist ein Glück für dich, Miles. Niles ist wie ein Sohn für mich. Natürlich geht auch mein richtiger Sohn auf diese Schule, und auch er ist wie ein Sohn für mich.«

Irgendwo in der Ferne muhte eine Kuh.

»Niles«, sagte Schulleiter Barkin, »bring Miles in Zimmer 22. Miss Shandy wartet schon.«

Die beiden Jungen gingen nebeneinander durch den Gang.

»Schöne Schärpe«, sagte Miles.

»Danke!«, sagte Niles.

TATSACHE 1

Die normale, durchschnittliche Körpertemperatur einer Kuh liegt zwischen 38,3° und 38,5° Celsius. Das klingt nach Fieber! Ist es aber nicht. Es ist ihre normale, durchschnittliche Körpertemperatur, wie oben bereits erwähnt.

TATSACHE 2

Eine Milchkuh kann pro Tag bis zu vierzig Liter Milch produzieren. Das sind ungefähr 200 normal große Tassen! Oder 4.000 Esslöffel! Oder 10.000 Teelöffel! Oder 15.000 Mokkalöffel! Eine ganze Menge Milch, nicht wahr?

TATSACHE 3

Kühe besitzen einen Rundumblick. Sie haben ein Blickfeld von 360°. Hast du schon mal versucht, dich an eine Kuh heranzuschleichen? Vergiss es, sie sieht dich.

Kapitel 9

»Ich muss dich was fragen«, sagte Niles, »und ich verspreche, dass ich es Schulleiter Barkin nicht verraten werde. Hast du sein Auto auf der Treppe vor dem Haupteingang abgestellt?«

»Nein«, sagte Miles.

»Gut«, sagte Niles. »Denn wenn du es gewesen wärst, hätte ich es Schulleiter Barkin sagen müssen.«

»Klar«, sagte Miles.

»Tut mir leid, dass ich gelogen habe. Aber ich finde, manchmal ist es okay, etwas Falsches zu tun, wenn man dadurch etwas Richtiges tun kann.«

»Wie zum Beispiel, mich bei Schulleiter Barkin zu verpetzen.«

»Genau! Schulleiter Barkin vertraut darauf, dass ich jeden Trickser ausfindig mache. Hier sind wir übrigens. Das Klassenzimmer!« Niles zog eine blaue Tür auf. »Das da ist Miss Shandys Schreibtisch!«

»Und ist das hier die Türklinke?«, fragte Miles und legte seine Hand auf die Türklinke.

»Ja! Das ist die Türklinke!«, sagte Niles.

In der Klasse suchte Miles sich einen Platz, der so weit wie möglich von Niles' Platz weg war.

Das entging Niles nicht. Er stand auf, marschierte durch das Klassenzimmer und setzte sich auf den Platz vor Miles.

»Wir sind doch Schulfreunde!« Er drehte sich zu Miles um. »Wir müssen zusammen sitzen.«

»Toll«, sagte Miles.

Das Mädchen neben Miles lachte. »Aha, du hast also Niles gekriegt, ja?«

Niles antwortete an Miles' Stelle. »Ja! Ich bin sein Schulfreund. Miles, das ist Holly Rash. Sie sitzt neben dir.«

»Hallo«, sagte Holly. »Wie sagtest du, war dein Name?«

»Eigentlich habe *ich* seinen Namen genannt!«, sagte Niles.

»Ich heiße Miles«, sagte Miles.

»Miles und Niles«, sagte Holly. »Ziemlich verwirrend.«

»Nein, gar nicht«, sagten Miles und Niles gleichzeitig. Miles warf Niles einen bösen Blick zu. Niles schenkte Miles ein glückliches Lächeln.

»Tja«, sagte Holly, »wenn du wissen willst, was an dieser Schule wirklich abgeht, dann frag mich.«

Miles beugte sich zu ihr und flüsterte: »Wer ist hier an der Schule der Witzbold?«

»Was?«, fragte Holly.

»Wer hat den Wagen des Schulleiters auf die Treppe gestellt?«

»Wie? Das warst nicht du?«

»Nein!«, sagte Miles. »War ich nicht.«

»Klar«, sagte Holly. »Weiß ich doch. Ich hab nur Spaß gemacht.«

Es klingelte. Einen Sekundenbruchteil, bevor das Klingeln aufhörte, stürmte der kräftige Junge ins Klassenzimmer, der aussah wie Schulleiter Barkin. Er warf einen Blick zum Schreibtisch der Lehrerin, sah, dass dort noch niemand saß, und schlenderte dann den Gang entlang in Miles' Richtung. Als der Junge an Miles vorbeikam, stieß er wie zufällig mit seinem Rucksack gegen Miles' Gesicht.

»Pass auf, Brotgehirn«, sagte der kräftige Junge zu Miles. »Du bist mit deinem Gesicht gegen meinen Rucksack gestoßen.« Der Junge setzte sich in die letzte Reihe.

»Wer ist das?«, fragte Miles.

»Das ist Josh Barkin, der Sohn des Schulleiters«, sagte Holly.

»Das ist Josh Barkin, der Sohn des Schulleiters«, sagte Niles.

»Josh ist so ziemlich der übelste Typ hier an der Schule«, sagte Holly.

»Nun, ich würde ihn nicht als den übelsten Typen bezeichnen, aber Josh ist manchmal wirklich gemein«, sagte Niles. »Außerdem liebt er aus irgendeinem Grund das Wort ›Brotgehirn‹.«

»Kann mir bitte bloß einer von euch antworten?«, sagte Miles. »Und kann dieser Jemand bitte Holly sein?«

Niles legte die Stifte auf seinem Schreibtisch zu der Form eines großen Stiftes zusammen.

Holly sagte: »Tja, die Sache mit Josh ist die, dass er nie irgendwelche Regeln verletzt, sich aber trotzdem immer fiese Tricks einfallen lässt, wie zum Beispiel dir seinen Rucksack ins Gesicht zu schlagen. Er kriegt nie Ärger deswegen. Aber alle wissen, dass er eine Ratte ist.«

»Aber er ist unser Jahrgangssprecher«, sagte Niles, »und irgendwann wird er unser Schulleiter sein. Also sollten wir ihm Respekt entgegenbringen.«

»Der Typ ist unser Jahrgangssprecher?«, fragte Miles.

»Ja!«, sagte Niles. »Genauso wie Schulleiter Barkin als Kind immer Jahrgangssprecher war, und vor ihm sein Vater und vor ihm dessen Vater und davor dessen Vater. ›Die Barkins: vom Jahrgangssprecher zum Schulleiter‹. Das sagt Schulleiter Barkin immer.«

»Aber wenn jeder weiß, dass er eine Ratte ist, wieso wird er dann gewählt?«, fragte Miles.

»Er betrügt«, sagte Holly.

»Gewöhnlich hat gar er keinen Mitbewerber, weil er immer

damit droht, die anderen Kandidaten zu verprügeln«, sagte Niles. »Im Grunde genommen ist das kein wirklicher Betrug. Aber in den letzten zwei Jahren ist Holly gegen ihn angetreten und hat verloren.«

»Du hast gegen diesen Typen verloren?«, fragte Miles Holly.

»Zweimal!«, sagte Niles.

»Wie kann das sein?«

»Der Jahrgangssprecher zählt die Stimmen aus«, sagte Holly.

»Was für eine dämliche Regel«, sagte Miles.

»Der Jahrgangssprecher macht die Regeln«, sagte Holly.

»Das ist doch lächerlich«, sagte Miles. »Aber wenn du weißt, dass du nicht gewinnen kannst, wieso trittst du dann gegen ihn an?«

»Aus Protest«, sagte Holly. »Meine Gegenkandidatur soll die Ungerechtigkeit des ganzen Systems an die Öffentlichkeit bringen. Außerdem dürfen wir unsere Wahlreden während des Unterrichts schreiben.«

Miles war beeindruckt.

»Ey, Mann, wo ist jetzt bloß die Lehrerin?«, jammerte Stuart, der rechts von Miles saß. »Ich meine, echt jetzt, es ist schon drei Minuten her, seit es geklingelt hat, und es ist niemand gekommen. Das ist doch lächerlich!«

Niemand lachte.

»Echt jetzt, sollen wir uns vielleicht selbst unterrichten?!«

In diesem Moment kam Miss Shandy ins Klassenzimmer.

»Tut mir leid, dass ich zu spät komme.« Miss Shandy warf ihre Stofftasche auf den großen Schreibtisch. »Da steht ein Auto vor der Tür und ich musste den Hintereingang benutzen.«

»Die Sache mit dem Auto ist echt verrückt!«, sagte Stuart.

»Danke, Stuart«, sagte Miss Shandy, ohne von dem Sitzplan aufzublicken, den sie auszufüllen begann. »Ich hoffe, ihr mögt eure Plätze. Auf denen werdet ihr nämlich das ganze Schuljahr über sitzen. Nur du nicht, Josh. Bitte komm nach vorn und setz dich hier in die erste Reihe.«

Josh sah einen Moment lang wütend aus, dann grinste er. »Klar«, sagte er. »Klar kann ich mich in die erste Reihe setzen. Aber ich weiß nicht, ob mein Dad, Schulleiter Barkin, wollen würde, dass ich das tue. Er sagt mir immer, ich soll entschlossen sein, Entscheidungen treffen und dann unter allen Umständen dazu stehen.«

»Beweg dich, Josh«, sagte Miss Shandy.

»Okay, Miss Shandy, wie Sie wollen. Natürlich werde ich auf Sie hören. Immerhin sind Sie die Klassenlehrerin. Aber ich muss meinem Dad leider berichten, dass Sie mich gezwungen haben, meinen Platz aufzugeben, obwohl ich mir bereits selbst einen in der hinteren Reihe ausgesucht habe.«

Miss Shandys Lächeln wurde verkniffen. »Sofort, Josh«, sagte sie.

»Aber …«, sagte Josh.

»Keine Diskussionen.«

»Ich diskutiere doch gar nicht!«, sagte Josh. »Aber Sie sollten bedenken, dass ich der Jahrgangssprecher bin, und deshalb …«

»Josh.«

Josh nahm seinen Rucksack. »Wissen Sie, ich könnte meinem Dad erzählen, dass Sie zu spät kamen, und dann würden Sie wahrscheinlich Ihren Job verlieren. Er ist der Schulleiter.«

»Das weiß ich«, sagte Miss Shandy. Ihr Lächeln wurde noch ein bisschen verkniffener.

»Er ist Ihr *Boss*!«

Miss Shandy drehte sich zur Tafel um und schrieb ihren Namen in großen Buchstaben darauf. »Für alle, die mich nicht kennen, mein Name ist Miss Shandy.«

Während Miss Shandy den letzten Strich des Buchstabens Y in ihrem Namen vollendete, schlug Josh auf dem Weg zur ersten Reihe seinen Rucksack gegen Miles' Kopf.

Kapitel 10

In der Mittagspause zeigte Niles Miles den Speisesaal. »Zuerst holen wir uns ein Tablett«, sagte Niles, »und dann gehen wir an die Ausgabe und holen uns unser Essen von der Bedienung, die uns mit Essen bedient.«

»Alles klar«, sagte Miles. »Ich hab's kapiert.«

»Und da drüben sind die Tische. Vermutlich weißt du nicht, wo du sitzen sollst, also ist es wohl am besten, wenn du dich zu mir setzt.«

Miles beschloss, dass es von elementarer Wichtigkeit war, sich so weit wie möglich von Niles wegzusetzen.

Miles nahm sich ein Tablett und ließ es sich mit Truthahn-Chili, Tomatensuppe, Makkaroni mit Käse und Milch beladen.

Niles tat es ihm gleich. »Das sieht alles ganz fantastisch aus, Mrs Conlon«, sagte er zu der Bedienung. »Übrigens möchte ich Ihnen den neuen Schüler an der Yawnee Valley Akademie für Wissenschaft und Kunst vorstellen. Das ist Miles.«

Die Bedienung drehte sich um und beugte sich dann vor. »Also, ein Freund von Niles bekommt von mir zur Begrüßung auch mal zwei Milchpackungen.« Sie stellte eine zweite Milch auf Miles' Tablett.

Eine Extra-Milch. Diese Schulhelfer-Sache hatte also doch ihr Gutes.

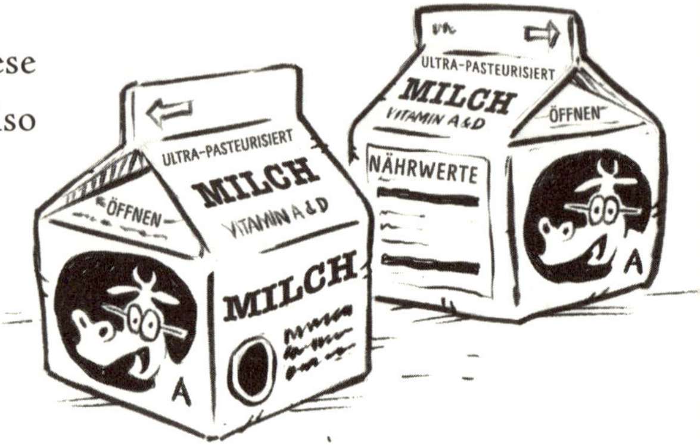

Miles nahm sein Tablett, drehte sich um und stand direkt vor Josh Barkin.

»Mein Dad glaubt, du hättest seinen Wagen vor die Tür gestellt, du Brotgehirn«, sagte Josh.

»Okay«, sagte Miles.

»Das wird eines Tages mal *mein* Wagen sein«, sagte Josh.

»Okay«, sagte Miles.

»Also hast du im Grunde genommen *meinen* Wagen vor die Tür gestellt, du Brotgehirn.«

»Aber ich war es nicht«, sagte Miles.

»Und du hast meinen Vater bloßgestellt und den guten Namen Barkin beschmutzt, also im Grunde genommen meinen Namen. Und aus diesem Grund werde ich dich verprügeln. Um die Ehre meines Namens wiederherzustellen. Und um meinen zukünftigen Wagen zu rächen. Also werde ich dich wohl zweimal verprügeln müssen, einmal für meinen Namen und einmal für meinen Wagen.«

»Ich glaube nicht, dass das deinem Dad gefallen wird«, sagte Miles.

»Oh, ich werde dich ja nicht in der Schule verprügeln«, sagte Josh. »Das würde gegen die Regeln verstoßen und schließlich werde ich eines Tages hier Schulleiter. Aber weißt du was, Miles Murphy? Es gibt keine Schulregel, die besagt, dass ich dich nicht auf dem Bürgersteig vor deinem Haus vermöbeln darf oder hinter der Tankstelle oder irgendwo auf einer Wiese. Mir wird schon etwas einfallen. Ein Ort, wo mich niemand erwischt. Es gibt so viele Orte, wo ich dir eine Abreibung verpassen kann, Miles Murphy. Und niemand wird je davon erfahren. Außer mir. Und dir.«

Miles hatte keine andere Wahl.

Er neigte sein Tablett und kippte sein gesamtes Mittagessen über seine eigene Kleidung. Er war von der Brust an abwärts bekleckert mit Truthahn-Chili, Tomatensuppe und Makkaroni mit Käse.

»Was zum …?«, sagte Josh.

»Warum hast du das gemacht?«, rief Miles laut. »Warum machst du so was?«

Die anderen Schüler im Speisesaal bemerkten den Tumult und drehten sich zu Miles um, der – paniert in sein Mittagessen – vor Josh stand. Sie lachten. Sie zeigten mit dem Finger. Es wurde laut im Speisesaal.

»Was geht hier vor?« Miss Shandy kam zu Miles und Josh. Sie starrte auf das Essen, das sich auf Miles' Körper verteilt hatte.

»Josh hat mir einfach mein Tablett aus der Hand geschlagen«, sagte Miles.

Miss Shandy schaute Josh an.

»Hab ich nicht!«, sagte Josh. »Das Brotgehirn hat sich das Zeug selbst übergekippt!«

»Warum sollte ich mir selbst mein Essen überschütten?«, fragte Miles.

»Keine Ahnung!«, sagte Josh. »Weil du ein Irrer bist! Miss Shandy, ich verletze nie die Regeln, das wissen Sie!«

Miss Shandy schaute von Miles zu Josh.

»Ich glaube, ich kann etwas dazu sagen, Miss Shandy. Ich habe alles gesehen.«

Das war Niles.

»Danke, Niles«, sagte Miss Shandy. »Also, was ist hier passiert?«

»Ja, Niles«, sagte Josh. »Was ist hier passiert?«

»Niles«, sagte Miles.

»Josh ist einfach zu Miles gegangen und hat ihm das Tablett aus den Händen geschlagen«, sagte Niles. »Genauso wie Miles es gesagt hat.«

Josh war wie erstarrt.

Miles war wie erstarrt.

Miss Shandy lächelte. Auf diesen Moment hatte sie schon lange gewartet (genauso wie die anderen Lehrer). »Dann kommen Sie mal mit, Mr Barkin. Wir werden die Sache Schulleiter Barkin vortragen.« Sie führte Josh aus dem Speisesaal in Richtung des Büros des Schulleiters. Alle sahen ihnen nach.

»Warum hast du das gemacht?«, fragte Miles.

»Josh hat mich in den Sommerferien gezwungen, einen Stein zu schlucken. Zweimal.«

»Nun … danke«, sagte Miles.

»Hier ist deine Milch«, sagte Niles und hob die beiden Päckchen vom Boden auf. »Sie ist nicht kaputtgegangen.«

Kapitel 11

Judy Murphy klatschte eine Auberginenscheibe auf Miles' Teller. Miles verabscheute Auberginen, aber heute Abend achtete er nicht auf das Essen. Miles dachte über etwas nach. Über etwas Großes. Etwas Bedeutsames.

»Wie war's in der Schule?«, fragte Miles' Mutter.

»Gut«, sagte Miles.

»Wie war's in der Schule?«, fragte Mrs Barkin beim Abendessen.

»Schrecklich«, sagte Schulleiter Barkin zu seiner Frau. »Entsetzlich. Katastrophal. Es war ein wahrhaftiger und ungeheurer Albtraum.«

»Ich habe Josh gefragt«, sagte Mrs Barkin.

»Oh«, sagte Josh und schob sein Steak auf dem Teller hin und her. »Eigentlich genauso, wie Dad gesagt hat.«

»Oh je«, sagte Mrs Barkin und blickte besorgt drein. »Was war denn los?«

Schulleiter und Josh Barkin sprachen wie aus einem Mund: »Miles Murphy.«

»Wie ist deine Klassenlehrerin?«, fragte Miles' Mutter.

»Okay«, sagte Miles und schob die Aubergine auf seinem Teller hin und her.

»Ihr Name ist Miss Shandy, stimmt's? Wie ist sie so? Ist sie nett?«

»Sie ist okay«, sagte Miles.

Zu viele Fragen. Miles musste sich konzentrieren. Er musste über etwas nachdenken, aber seine Mutter hörte einfach nicht auf zu bohren. Glücklicherweise hatte Miles für solche Situationen einen Trick entwickelt.

»Wie war's auf der Arbeit, Mom?«, fragte er.

»Es war gut, Miles, aber ich würde wirklich gerne wissen, wie dein ...«

»Irgendwas Interessantes passiert?«

»Nein, auf der Arbeit ist nichts besonders Aufregendes passiert, Liebling«, sagte Miles' Mutter.

»Was hast du zu Mittag gegessen, Mom?«, fragte Miles.

»Zu Mittag? Ähm ... Bloß ein Truthahn-Sandwich und einen kleinen Salat. Jetzt erzähl aber mal von Schulleiter Barkin. Ich glaube, ich habe ihn auf dem Rasen stehen sehen, als ich dich abgesetzt habe. Hast du mit ihm geredet? Ist er nett?«

Das Letzte, worüber sich Miles unterhalten wollte, war Schulleiter Barkin. »Wie waren denn deine Kunden heute so, Mom?«, fragte er.

Wenn es eins gab, worüber seine Mutter stundenlang reden konnte, dann waren es ihre Kunden. Es waren immer so viele und sie benahmen sich immer so unmöglich.

Judy schaute aus dem Fenster, dann wieder zu Miles. Sie seufzte. »Ich weiß nicht mal, wo ich anfangen soll. Oh, doch, ich weiß! Da war so ein Schlipsträger, der sich einfach in dieser endlos langen Schlange vorgedrängelt hat, und stell dir vor: Er hat die ganze Zeit telefoniert! Also sagte ich zu ihm: ›Sir, bitte gehen Sie zurück auf Ihren Platz oder telefonieren Sie draußen.‹ Und er hat mich die ganze Zeit angestarrt, aber ich glaube nicht, dass er überhaupt ein Wort von dem gehört hat, was ich sagte. Nein, ich bin mir sogar ganz sicher, Miles. Also habe ich es noch mal gesagt und ihn ein zweites Mal gebeten, auf seinen Platz zurückzukehren oder nach draußen zu gehen. Aber er stand bloß da, völlig weggetreten. Und dann …«

Miles lächelte die Aubergine an.

»Also *ich* hatte einen sehr interessanten Tag«, sagte Mrs Barkin. »Als ich auf dem Markt war, da …«

»Ich war noch nicht fertig!«, fiel ihr Schulleiter Barkin ins Wort. »Willst du denn nicht wissen, wie ich den Wagen von der Schultreppe wieder runter bekommen habe? Ich meine, als die Schule zu Ende war, stand der Wagen schließlich immer noch auf der Treppe. Hast du dich nicht gefragt, wie Josh und ich nach Hause gekommen sind?«

»Oh«, sagte Mrs Barkin. »Nein, daran habe ich gar nicht gedacht. Aber ja, ich möchte es gerne wissen.«

»Zuerst habe ich eine Abschleppfirma angerufen und gefragt, ob man mich die Treppe hinunterschleppen könnte.«

»Was haben sie gesagt?«

»Dazu komme ich ja! Sie haben Nein gesagt.«

»Oh je.«

»Dann habe ich die Polizei angerufen und gefragt, ob man einen Helikopter schicken und den Wagen die Treppe hinunterheben könne.«

»Was haben sie gesagt?«

»Jetzt wart's doch ab, Himmel nochmal, ich erzähle es ja! Sie haben Nein gesagt.«

»Das ist aber wirklich schade.«

»Und dann hatte ich eine brillante Idee. Ich rief auf dem Schrottplatz an und fragte den Magnet-Mann – du weißt schon, der Kerl, der diesen riesigen Magneten hat, mit dem er Autos vom Boden aufheben und herumtragen kann.«

»Was für eine fantastische Idee! Was hat er gesagt?«

»Er sagte Nein.«

»So ein Pech!«

»Lass Dad doch ausreden, Mom!«

»Entschuldigung.«

»Schließlich habe ich Bob angerufen und gefragt, ob er den Gabelstapler von der Farm in die Stadt fahren und den Wagen von der Treppe heben könne.«

»Wie wunderbar! Aber warum hast du ihn denn nicht gleich gefragt?«

»Weil Bob eine große Klappe hat. Ich habe ihn schwören lassen, dass er's nicht Dad erzählt. Barkin-Ehrenwort.«

Das Telefon klingelte und Mrs Barkin stand auf und nahm den Hörer ab.

»Wer ist dran?«, fragte Schulleiter Barkin.

»Dein Vater«, sagte Mrs Barkin. »Er will dir ein paar Worte zu dem Gabelstapler sagen, Liebling.«

»Woher weiß er davon?«, fragte Schulleiter Barkin.

»Woher weißt du davon?«, fragte Mrs Barkin ins Telefon und lauschte.

»Er sagt, Bob hat's ihm erzählt.«

»Und so habe ich Deb kennengelernt, die total nett ist«, sagte Miles' Mutter. »Ich glaube, wir könnten gute Freundinnen werden. Sie arbeitet bei der Post, direkt neben meinem Büro. Sie war mir eine große Hilfe. Ich denke, wir werden demnächst mal zusammen essen gehen. Sie wandert gerne.«

»Das ist schön«, sagte Miles.

»Was ist mit dir, Liebling? Hast du in der Schule schon Freunde gefunden?«

»Nein.«

»Keine Freunde? Waren irgendwelche netten Kinder dabei? Potenzielle Freunde?«

»Nein.«

Das Telefon klingelte.

Miles Mutter stand auf und nahm den Hörer ab.

»Hallo? Ja? Ja, richtig. Oh, danke. Nein, wirklich, das ist sehr nett. Du hast auch eine schöne Stimme. Natürlich, warte mal. Ich geb ihn dir.«

»Wer ist das?«, fragte Miles.

»Er sagt, er sei dein neuer Freund. Von der Schule.«

Miles legte die Stirn auf die Tischplatte.

Schulleiter Barkin legte die Stirn auf die Tischplatte.

Mrs Barkin legte den Telefonhörer neben sein Ohr.

»… EINE ABSOLUTE SCHANDE. DU MACHST DIE BARKINS ZUM GESPÖTT DER LEUTE, IST DIR DAS EIGENTLICH KLAR? HAST DU EINE AHNUNG, WIE LANGE DIESE FAMILIE SCHON DEN POSTEN DES SCHULLEITERS BEKLEIDET? ES GIBT VIER GENERATIONEN VON SCHULLEITERN AUS DER BARKIN-FAMILIE, UND

WEISST DU, WIE VIELE ES ZUGELASSEN HABEN, DASS MAN MIT IHREM WAGEN DEN HAUPTEINGANG ZUR SCHULE BLOCKIERT?«

Schulleiter Barkin schwieg.

»NA?«

»Keiner?«, sagte Schulleiter Barkin.

»KORREKT. KEINER. BIS HEUTE. UND KEINER VON IHNEN – BIS HEUTE – HAT DIE GESAMTE SCHÜLERSCHAFT DURCH SEINEN DÄMLICHEN WAGEN KRIECHEN LASSEN, UM INS SCHULGEBÄUDE ZU KOMMEN. UND JETZT ERZÄHLT MIR BOB, DASS ER SEINEN GABELSTAPLER HOLEN MUSSTE. WEISST DU, LANGSAM GLAUBE ICH, DASS DU EIN BISSCHEN ZU VIEL VON GROSSVATER JIMMY GEERBT HAST.«

»Also Vater, ich habe noch kein einziges Mal die Schule ausfallen lassen, und …«

»LANGSAM GLAUBE ICH, DASS BESSER DEIN KLEINER BRUDER DER SCHULLEITER GEWORDEN WÄRE UND DU DER GESCHÄFTSFÜHRER EINER MOLKEREI. VIELLEICHT IST BOB DOCH EHER AUS DEM SCHULLEITERHOLZ GESCHNITZT.«

Schulleiter Barkin stöhnte auf. »Aber das stimmt doch überhaupt nicht.«

»Warum nicht, Barry?«, fragte Bob Barkin.

»Bob?«, sagte Schulleiter Barkin. »Was machst du denn in der Leitung?«

»ICH HABE DEINEN BRUDER ZU EINER KONFERENZ-

SCHALTUNG GEBETEN«, brüllte der Vater von Schulleiter Barkin, der frühere Schulleiter Barkin.

»Hallo, Brüderchen«, sagte Bob. »Tut mir leid, dass ich's Dad verraten habe, aber er hat gefragt, weißt du?«

»So viel zum Ehrenwort der Barkins«, sagte Schulleiter Barkin.

»MÖCHTEST DU ÜBER DIE EHRE DER BARKINS SPRECHEN?«, fragte der frühere Schulleiter Barkin. »HEUTE HAST DU DIE EHRE DER BARKINS BESCHMUTZT. DAS IST DAS SCHLIMMSTE, WAS DEM NAMEN BARKIN ZUGEFÜGT WURDE, SEIT DEIN GROSSVATER JIMMY ... ICH WILL NICHT DARÜBER SPRECHEN. ABER HIERÜBER MÜSSEN WIR SPRECHEN: DU MUSST DIESEN UNRUHESTIFTER FINDEN UND EIN EXEMPEL STATUIEREN.«

»Ja, Vater«, sagte Schulleiter Barkin.

»GRÜSSE JOSH UND SHARON VON MIR.«

Schulleiter Barkin hörte, wie sein Vater auflegte.

»Wie geht es deinem Vater?«, fragte Mrs Barkin.

»Ich fasse es nicht, dass dieser kleine Stinker Bob mich verpetzt hat«, sagte Schulleiter Barkin.

»Ich bin noch dran, Barry«, sagte Bob Barkin.

Schulleiter Barkin legte auf. Sein Gesicht war nicht mehr lila, sondern eher blau. »Ich werde Miles Murphy vernichten«, sagte er.

Judy Murphy legte den Telefonhörer auf den Tisch neben Miles' Ohr.

»Hallo, Miles«, sagte Niles. »Ich bin's, Niles, dein Schulhelfer. Aus der Schule. Der mit der Schärpe. Wir haben nebeneinander gesessen. Den ganzen Tag.«

»Ja, und dann bist du mir nach Hause gefolgt«, sagte Miles.

»Eigentlich habe ich dich nach Hause gebracht, aber du bist gerannt, und ich kann nicht schnell rennen wegen meiner Allergien.«

»Aha«, sagte Miles. »Warum rufst du an?«

»Als dein Schulhelfer muss ich dich am ersten Tag anrufen, um zu überprüfen, ob alles in Ordnung ist, und um mit dir den Fragenkatalog durchzugehen.«

»Du musst mit mir einen Fragenkatalog durchgehen?«

»Ja!«, sagte Niles. »Aber das macht mir nichts aus, weil ich die Regeln für das Schulhelferprogramm aufgestellt habe, also auch den Fragenkatalog. Es geht ganz schnell und macht großen Spaß! Bis zum Abendessen sind wir fertig.«

»Ich bin gerade beim Abendessen.«

»Toll! Dann kannst du bald weiteressen!«, sagte Niles. »Bist du bereit?«

»Schieß los.«

»Warte mal einen Moment. Ich muss erst meine Schärpe anlegen, du weißt ja, damit es offiziell ist.« Am anderen Ende der Leitung raschelte es. »Alles klar. Erste Frage. Bitte beantworte: Wie großartig war dein erster Tag in der Yawnee Valley Akademie der Wissenschaft und Kunst, auf einer Skala von sechs bis zehn?«

»Ähm … eine Sechs?«, sagte Miles.

»Toll! Eine Sechs! Nächste Frage: Hast du das Gefühl, dass dein Schulhelfer dein bester Freund werden könnte?«

»Ähm … Ehrlich gesagt, das glaube ich nicht …«

»Wir kommen später auf die Frage zurück. Dritte Frage: Hast du Schulleiter Barkins Auto oben auf der Treppe abgestellt?«

»Gute Nacht«, sagte Miles.

»Warte mal! Wir müssen noch über den Aufsatz reden!«

»Gute Nacht, Niles.«

»Grüß deine Mutter von mir!«, sagte Niles.

Miles legte auf. Er legte die Stirn wieder auf den Tisch und schloss die Augen.

Zum siebenundsechzigsten Mal wünschte sich Miles, er hätte den Wagen auf der Treppe abgestellt. Und zum dreiundsiebzigsten Mal fragte er sich, wer es war. Wenn er sich nicht bald den Job als größter Witzbold der Schule unter den Nagel riss, musste er am Ende tatsächlich noch Niles' bester Freund werden.

Miles musste etwas unternehmen. Etwas Großes. Etwas Bedeutsames.

»Darf ich aufstehen?«, fragte er. Er wartete nicht auf eine Antwort, sondern ging geradewegs in sein Zimmer, zog sein Notizbuch hervor und schrieb:

Kapitel 12

Zehn Tage später wurden die Einladungen verschickt.

In den Gängen summte es wie in einem Bienenstock. Gruppen von Schülern scharten sich in den Ecken zusammen und schwatzten. Blicke wurden über Schultern nach hinten geworfen.

Stuart vollführte neben dem Trinkbrunnen einen kleinen Tanz. »Ey, Mann, hat sonst noch jemand eine Einladung von Cody Burr-Tyler bekommen?«

Vierzehn Schüler zischten gleichzeitig: »Pst!«

Zwei Mädchen, die in der Nähe von Miles' Spind standen, kicherten. Er hörte, wie die Kurzhaarige sagte: »Ja, ich glaube, er ist Quarterback in St. Perpetua. Er spielt E-Gitarre.«

Die größere von beiden sagte: »Ja! Cody Burr-Tyler ist so süß!«

Miles grinste. Cody Burr-Tyler war nicht süß. Cody Burr-Tyler gab es nämlich gar nicht.

Dieser Morgen war der Höhepunkt einer langwierigen Planung, die mehr als eine Woche lang gedauert hatte und sechs Seiten in Miles Murphys Notizbuch füllte. Es war Miles' größte Leistung. Der Typ, der das Auto auf die Treppe gestellt hatte, konnte einpacken; Miles hatte einen neuen Menschen erfunden! Cody Burr-Tyler, der die größte Geburtstagsparty veranstaltete, die Yawnee Valley je gesehen hatte. Er hatte die Einladungen verschickt – lediglich zehn Stück, denn (und das war ein Meisterstück) man brauchte bloß zehn, solange man ein Geheimnis draus machte. Schon jetzt luden sich die Leute gegenseitig ein. Die Einladungen waren gerade einmal elf Minuten im Umlauf und schon war die Party das Ereignis des Jahres. Auf der Party würde Miles verkünden, dass ein Cody Burr-Tyler niemals existiert hatte, dass die ganze Schule auf seinen Trick hereingefallen war. Und dann (ein weiteres Meisterstück) würde er sich mit allen Geschenken aus dem Staub machen. Und alle an der Yawnee Valley Akademie für Wissenschaft und Kunst würden wissen, dass er, Miles Murphy, der größte Trickser war, den die Schule je gesehen hatte. Er würde wieder zur Legende werden. Zu einer noch größeren Legende als in seiner alten Stadt. Niemand hatte jemals eine ganze Schule hereingelegt. Miles verschränkte die Arme vor der Brust und lehnte sich mit dem Rücken gegen den Spind. Er stellte sich den Ruhm vor. Es war vollkommen.

»Guten Morgen, mein Freund!«

Miles zuckte zusammen. Er drehte sich um und da stand Niles.

»Darf ich dir ein Geheimnis verraten, das ich eigentlich niemandem erzählen dürfte? Weil wir doch Schulfreunde sind.«

»Klar doch«, sagte Miles.

»Ich meine, das ist ein großes Geheimnis. Ich könnte Ärger kriegen, wenn ich's dir erzähle. Schlimmen Ärger.«

»Okay«, sagte Miles.

Niles beugte sich vor. »Ich bin zu Cody Burr-Tylers Geburtstag eingeladen.«

»Wer ist Cody Burr-Tyler?«, fragte Miles.

»Er ist der coolste Typ in Yawnee Valley!«, sagte Niles. »Er spielt Football, ist in einer Band und … ähm …« Niles schaute auf seine Einladung. »Er mag Blitze.«

»Wow«, sagte Miles. »Hört sich toll an. Geht er auf unsere Schule?«

»Nein. Vermutlich ist er in St. Perpetua. Wie ist es?« Niles schaute sich um, ehe er im Flüsterton fortfuhr: »Kommst du mit mir zur Party?«

»Ich weiß nicht«, sagte Miles. »Ich bin nicht eingeladen.«

»Das macht doch nichts! Na ja, eigentlich macht es schon etwas, weil auf der Einladung steht, dass man es nicht weitersagen soll, aber wie ich schon sagte, manchmal ist es in Ordnung, etwas Falsches zu tun, wenn man dadurch etwas Richtiges tut.«

»Wieso ist das etwas Richtiges?«

»Weil wir dann Party-Freunde werden!«, sagte Niles. »Außerdem bist du neu und ich kann dich den wichtigen Leuten von Yawnee Valley vorstellen! Und Cody Burr-Tyler bekommt mehr Geschenke!«

Miles tat so, als würde er nachdenken. »Einverstanden«, sagte er.

»Toll!«, sagte Niles. »Hier.«

Niles gab ihm die Einladung. Miles bewunderte seine eigene Arbeit.

Es klingelte. Eine große rötliche Gestalt bog um die Ecke. Barkin.

»Du da! T-Shirt in die Hose!«, kläffte Barkin. »Du da! Spuck das Kaugummi aus! Du da! Hör auf mit deinem Tänzchen! Ihr alle! Auseinander! Warum scharen sich hier so viele Leute zusammen?«

Miles machte seinen Spind zu und wandte sich zum Gehen.

»Du da! Miles Murphy!«

Miles erstarrte. »Ja, Schulleiter Barkin?«

»Hast du letzte Woche mein Auto auf die Treppe gestellt?«

Miles seufzte. »Nein.«

»Es würde die Sache leichter machen, wenn du es einfach zugeben würdest«, sagte Schulleiter Barkin. »Mit jedem Tag, den du wartest, wächst der Ärger, den du bekommen wirst. Was hast du da in der Hand?«

Miles versteckte die Einladung hinter seinem Rücken. »Nichts, Schulleiter Barkin.«

»Nun, ich weiß genau, dass es nicht nichts ist!«, sagte Schulleiter Barkin. »Genauer gesagt, weiß ich sogar, dass es *etwas* ist. Etwas, das du mir nicht zeigen willst!«

»Es ist nur ein Blatt Papier«, sagte Miles.

»ICH WEISS, DASS ES NUR EIN BLATT PAPIER IST«, sagte Schulleiter Barkin. »Das habe ich sofort gesehen. Aber ich weiß, dass es nicht nur ein Blatt Papier ist. Und zwar weil ich dich gefragt habe, was es ist, und du es hinter deinem Rücken versteckt hast. Oh ja, das ist ein alter Schulleiter-Trick, Miles Murphy. Wenn ein Schüler etwas vor dir versteckt, dann versteckt er etwas, und das bedeutet, dass er etwas zu verstecken hat.«

»Hä?«, sagte Miles.

»Genug geredet«, sagte Barkin. »Gib her.«

Miles rührte sich nicht. Das war nicht Teil seines Plans.

»Was steckt dahinter?«, fragte Barkin. »Etwa die Details zu deinem nächsten Schurkenstreich?«

Miles gab sich Mühe, ruhig zu bleiben. »Nein«, sagte er.

»Schulleiter Barkin«, sagte Niles. »Es ist bloß die Einladung zu einer Party!«

»Einer Party?« Schulleiter Barkins Nasenflügel bebten.

Niles legte seine Hand über den Mund und flüsterte Miles hörbar zu: »Schon gut. Zeig sie ihm.«

Miles hatte keine andere Wahl. Er überreichte Barkin die Einladung.

Schulleiter Barkin zog langsam und umständlich eine Lesebrille aus der Westentasche und betrachtete das Blatt Papier. »Interessant. Sehr interessant. Cody Burr-Tyler, so so.« Er schaute wieder zu Miles. »So so so«, sagte er. »So so so.« Barkin faltete die Einladung zusammen und steckte sie in seine Brusttasche. »So.«

»So?«, wiederholte Miles.

Schulleiter Barkin starrte Miles vier volle Sekunden lang an. Dann deutete er auf ein Schild an der Wand.

Miles stieß den Atem aus. Er drehte sich um, und weil er so nervös war, ging er in die falsche Richtung davon.

Niles rief ihm nach: »Nein, hier entlang, Miles! Wir müssen in die andere Richtung!«

Miles drehte sich um und folgte Niles zu Zimmer 22.

»Miles!«, rief Schulleiter Barkin. »Denk dran: Ich behalte dich im Auge.«

Er deutete auf ein anderes Schild an der Wand, das gestern noch nicht da gewesen war.

Kapitel 13

Es war unglaublich. Miles wusste nicht genau, wie viele Schüler die Yawnee Valley Akademie für Wissenschaft und Kunst hatte, aber er hatte das Gefühl, dass alle – ohne Ausnahme – zu Cody Burr-Tylers Geburtstagsparty gekommen waren. Der Festplatz in der Mitte der Stadt war brechend voll.

Zwei Stunden zuvor war hier alles menschenleer gewesen. Miles war um 11 Uhr gekommen. Er hatte einen Handwagen hinter sich her gezogen, den er neben einem Picknicktisch vor dem Pavillon abstellte. Auf den Tisch hatte er ein Schild mit der Aufschrift ESSEN UND GETRÄNKE geklebt. Ein zweites Schild, auf dem GESCHENKE stand, klebte er an den Wagen. Schließlich hatte er einen Gegenstand aus dem Wagen geholt, der im wahrsten Sinne des Wortes das Sahnehäubchen an der Sache war:

einen Kuchen, den er selbst gebacken hatte. Der Kuchen war mit einem rosa Zuckerguss überzogen und mit der Aufschrift HERZLICHEN GLÜCKWUNSCH CODY BURR-TYLER versehen. Die Buchstaben bestanden aus grünem Glitzerguss. (Wenn Miles schon alle aufs Kreuz legte, dann konnte er ihnen zumindest einen anständigen Kuchen spendieren.) Schließlich war Miles wieder verschwunden; er wollte nicht der Erste sein, der bei Cody Burr-Tylers Party auftauchte. Das wäre absolut uncool gewesen.

Jetzt aber war Miles wieder da. Er ging am Picknicktisch vorbei, der sich unter der

Last des Essens und der Getränke bog: Brownies, Chips, Kekse mit rosa und weißen Liebesperlen, drei – nein vier – Eiswannen mit Softdrinks und Eiscreme. Vorbei an seinem Handwagen, auf dem sich jetzt die Geschenke häuften, eingepackt in buntes Papier. Es gab rote Geschenke und blaue Geschenke. Geschenke mit Ballons auf dem Papier, die ehrlich gesagt ein bisschen zu kindisch für Cody Burr-Tyler waren. Einige Geschenke waren flach, andere rund. Eins war klar und deutlich als Teleskop zu erkennen. Ein Teleskop!

»Ey, Mann, *das da* ist von mir«, sagte Stuart und deutete mit beiden Händen auf ein kleines Geschenk, das wegzukrabbeln versuchte. »Och Mann, echt jetzt!«, rief Stuart und rannte der Kiste nach. »Bleib *hier*!«

Miles nahm sich vor, Stuarts Geschenk in irgendeinem Garten freizulassen. Er legte sein eigenes Geschenk – einen leeren Schuhkarton in Silberpapier – auf den Karren und nahm sich ein Stück Kuchen. Zwei Siebtklässler standen neben einer Platte mit Burritos.

»Hast du Cody Burr-Tyler schon begrüßt?«, fragte derjenige mit der roten Mütze.

»Ja«, sagte der andere, der keine rote Mütze aufhatte, weil er Angst hatte, mit Mützen lächerlich auszusehen. »Ich habe ihm gewunken, als ich herkam. Ich weiß aber nicht, ob er mich gesehen hat. Ein paar Typen haben versucht zu jonglieren und Cody Burr-Tyler konnte die Bälle am längsten oben halten.«

»He, das ist so cool! Als ich kam, hat er gerade diesen echt lustigen Pizza-Witz erzählt. Wir haben unser geheimes Zeichen gemacht, und er meinte, wir würden uns nachher sehen.«

»Cool! Weißt du, ich glaube, er hat mich gesehen, als ich ihm gewunken habe.«

Miles grinste. Geheimes Zeichen. Jonglieren. Die anderen machten die Arbeit für ihn.

Holly Rash lehnte an einem Baum. Miles ging zu ihr.

»Hey«, sagte Miles.

»Hey«, sagte Holly. »Pass auf mit dem Kuchen. Er ist total trocken.«

»Was?«, sagte Miles. »Ich finde, er schmeckt gut!«

»Du bist ja verrückt. Dieser Kuchen ist fürchterlich.«

»Vielleicht hast du bloß ein schlechtes Stück erwischt. Hier, probier mal von meinem.«

»Auf keinen Fall«, sagte Holly. »Das ist vermutlich der schlechteste Kuchen, den ich je gegessen habe. Und hast du die Schrift gesehen? Es sah aus, als stünde da ›HARZLICHEN GLÜCKWUNSCH‹.«

»Da stand ›HERZLICHEN GLÜCKWUNSCH‹!«

»Dieser Kuchen ist peinlich.«

»Vergiss mal den Kuchen«, sagte Miles. »Was hältst du von der Party? Nicht schlecht, was?«

»Na ja, ganz okay. Ehrlich gesagt dachte ich, dass wir mehr von Cody Burr-Tyler zu sehen kriegen. Ich habe noch nie vorher von dem Typen gehört. Aber alle reden von ihm, als sei er Cary Grant, Marlon Brando und Paul Newman in einer Person.«

»Wer sind die denn?«, fragte Miles.

Holly seufzte. »Alte Filmstars.«

»Und ... die kennen alle Cody Burr-Tyler?«, fragte Miles.

Holly seufzte wieder.

»Ey, Mann, was ist ein ›HARZLICHER GLÜCKWUNSCH‹?«, rief Stuart vom Picknicktisch.

»Diese Party ist zum Gähnen«, sagte Holly.

»Hallo Schulfreund! Hallo Holly!« Zwei dürre Beine waren

alles, was hinter einer riesigen Kiste zu sehen war, die auf sie zugewatschelt kam. »Ich bin's. Niles.«

»Wissen wir«, sagten Miles und Holly gleichzeitig.

»Oh! Ich war mir nicht sicher, ob ihr mich hinter der Kiste sehen könnt.«

Konnten sie nicht.

»Das ist aber mal ein Geschenk, Niles«, sagte Holly.

»Danke! Ich hoffe, ich hab's nicht übertrieben. Ehrlich gesagt ist das hier ziemlich gewagt; ich kann nichts sehen, wenn ich das Ding trage, und deshalb bin ich durch den Park gegangen und nicht über die Straße. Das ist auch der Grund, warum ich zu spät komme!«

»Was hast du mitgebracht, Holly?«, fragte Miles.

»Ich habe mich selbst mitgebracht«, sagte Holly. »Ich verschenke doch nichts an einen Typen, den ich nicht mal kenne.«

»Was?«, ertönte Niles Stimme hinter dem Riesengeschenk. »Ich habe alles ausgegeben, was ich hatte! Ich wollte den glücklichen Umstand feiern, dass Cody Burr-Tyler geboren wurde, und ich wollte ihm danken, dass er mich für einen coolen Typen hält und mich zu seiner exklusiven Party eingeladen hat.«

Niles stellte das Paket ab und sah erst jetzt die Menge, die sich auf dem Festplatz versammelt hatte. »Oh«, sagte er. »Sieht so aus, als ob jemand nicht dichtgehalten hätte. Aber was soll's? Umso mehr Geschenke für Cody Burr-Tyler!« Er rückte seine Schärpe zurecht, auf der heute PARTYHELFER stand, und hob sein Paket auf. »Ich werde das hier ablegen, und dann ab zum Kuchen!«

Miles schaute auf seine Armbanduhr. 13:26 Uhr. Es war bald Zeit für seinen großen Auftritt. Er entschuldigte sich und ging, um nach einem ruhigen Fleckchen Ausschau zu halten, wo er sich vorbereiten konnte. Auf dem Weg zum Spielplatz, wo sich derzeit kein Mensch aufhielt, kam er an zwei Mädchen vorbei, die er nicht kannte.

»Willst du den Rest von meinem Kuchen?«, fragte die eine.

»Nein«, sagte die andere. »Ich hatte vorhin ein Stück. Igitt!«

»Meinst du, dass Cody etwas auf seiner Gitarre spielt?«

»Ich hoffe es! Wusstest du, dass Cody Burr-Tyler fünf Coladosen auf seinem Kopf balancieren kann?«

»Wirklich?«

»Ja! Und zwar mit der Cola drin!«

»Wow!«

Miles war im siebten Himmel. Dieser Streich nahm ungeahnte Dimensionen an.

Und es würde noch besser werden.

Miles ging zu einer quietschenden Schaukel, setzte sich und holte ein zerknülltes Blatt Papier aus der Innentasche seiner Jacke. Es war die Rede, die er letzte Nacht geschrieben hatte, als er nicht schlafen konnte.

Der Wecker von Miles' Armbanduhr ging los. Eine Kuh muhte. Showtime.

Hallo Leute! Mein Name ist Miles Murphy und ich bin neu hier in Yawnee Valley. Ich würde gerne die Gelegenheit ergreifen und Cody Burr-Tyler zum Geburtstag gratulieren. Das würde ich wirklich gerne, geht aber nicht. Und zwar deshalb, weil Cody Burr-Tyler gar nicht existiert. Ich habe ihn erfunden! Ja, wirklich, sorry, Leute, aber dies ist nicht Cody Burr-Tylers Geburtstagsparty. Trotzdem ist es ein freudiges Ereignis. Es ist nämlich der beste Streich, der je in Yawnee Valley durchgezogen wurde! [Langsam die Stufen des Pavillons runtergehen.] Viel besser als ein Auto auf irgendeiner Treppe. [Die Wagendeichsel nehmen.] Und so bleibt mir nichts weiter, als mich für die Geschenke zu bedanken. Lasst euch den Kuchen schmecken! [Abgang mit den Geschenken.]

Kapitel 14

Miles stand neben dem Wagen mit den Geschenken. Das würde großartig werden. Er nahm eine Gabel und ein Glas und schlug beides klirrend aneinander, bis sich die Aufmerksamkeit der Menschen ihm zuwandte. Alle schauten ihn an.

»Ey, Mann, das ist der Neue aus Miss Shandys Klasse!«, sagte Stuart. »Er schlägt gegen ein Glas, Mann. Warum schlägt er gegen ein Glas?«

Als aller Augen auf ihm ruhten, stieg Miles die fünf Stufen des Pavillons hinauf. Er holte die Rede aus seiner Tasche, räusperte sich und sprach:

»Hallo Leute! Mein Name ist Miles Murphy und ich bin neu hier in Yawnee Valley. Ich würde gerne die Gelegenheit ergreifen und Cody Burr-Tyler zum Geburtstag gratulieren.«

Weiter kam er nicht. Ein gelber Wagen sauste hupend und mit quietschenden Reifen auf den Parkplatz. Die Fahrertür flog auf und Schulleiter Barkin wälzte sich aus dem Auto. Keuchend und mit lila verfärbtem Gesicht marschierte Barkin über den Rasen und wedelte mit den Armen. »Aufhören!«, schrie er. »Jemand muss diesen Jungen aufhalten!«

Ein unbehagliches Murmeln erhob sich.

»Miles Murphy!«, sagte Barkin, der nun beim Pavillon angekommen war. »Du wirst sofort damit aufhören. Du bist erledigt. Geh da rüber.«

Miles ging die fünf Stufen des Pavillons wieder hinunter. Die Menge glotzte. Holly grinste. Niles rückte nervös seine Schärpe zurecht.

Barkin stellte sich auf die Bühne. »Schüler«, sagte er. Dann stand er stumm da und wartete, bis alle aufgehört hatten zu reden.

Wenn man einen Streich plant, muss man unvorhergesehene Ereignisse mit einrechnen. Und Miles hatte sie mit eingerechnet. In seinem Notizbuch hatte Miles unter der Überschrift »MÖGLICHE KATASTROPHEN« eingetragen: »Gewitter«, »Eichhörnchenplage« und »Erwachsene tauchen auf«. Nachdem Schulleiter Barkin seine Einladung konfisziert hatte, war Miles klar gewesen, dass die Möglichkeit bestand – wie unwahrscheinlich sie auch war –, dass sein Streich auffliegen würde. Und deshalb hatte er einen Plan B für eine solche Situation entwickelt: Heimlich still und leise mit den Geschenken abhauen. Miles griff nach der Wagendeichsel.

»Schüler«, wiederholte Schulleiter Barkin. Er zog ein Blatt Papier aus der Tasche. Was war das? Ein Formular für einen Tadel in seiner Schulakte? Ein Schulverweis?! Ein Haftbefehl für Miles Murphy?!?

Nein. Auf dem Blatt Papier waren Gitarren zu sehen, Bälle und Blitze. Es war die Einladung, die Schulleiter Barkin Miles am Dienstag abgenommen hatte. Barkin hielt sie in die Höhe.

»Schüler«, sagte er. »Als Cody Burr-Tyler mich *persönlich* zu seiner Geburtstagsparty eingeladen hat, war ich sprachlos. Obwohl es mich eigentlich nicht hätte wundern sollen. Cody war immer ein großartiger Bursche, der die ältere Generation respektierte. Ich bin zwar nicht sein Schulleiter – soweit ich weiß, besucht er St. Perpetua, wo er ein Star auf dem Footballfeld *und* im Klassenzimmer ist, von seiner Band ganz zu schweigen. Und ich bin auch kein großer Fan von zeitgenössischer Musik …, aber sogar ich kann erkennen, dass Cody Burr-Tyler das Haus rockt!«

Als Barkin anfing, Luftgitarre zu spielen, wurde Miles etwas Entscheidendes klar: Er war gar nicht in Schwierigkeiten. Die Sache war noch am Laufen. Miles blieb stehen. Er hatte sich erst etwa einen Meter weit zurückgezogen. Er holte tief Atem – das erste Mal seit dreißig Sekunden – und schaute seinen Schulleiter an.

»Wie ich schon sagte, ich vermute, dass Cody mich eingeladen hat, weil ich eine Säule der Gemeinde von Yawnee Valley bin. Und deshalb bin ich hier. Um Cody zu feiern und dafür zu sorgen, dass er eine Festansprache von einer Säule der Gemeinde bekommt und nicht von irgendeinem dahergelaufenen Jungen, der vermutlich ernsthaft verhaltensgestört ist, weil er meinen Wagen auf der Schultreppe abgestellt hat.«

Etwas zischte laut.

»Ey, Entschuldigung!«, sagte Stuart. »Das war mein Geschenk!«

»Tja, nun, wie ich schon sagte, wir sind hier, um Cody Burr-Tylers Geburtstag zu feiern. Einen besonderen Geburtstag. Seinen …« Barkin schaute auf die Einladung. »… dreizehnten Geburtstag. Wow. Sehr bedeutsam. Und deshalb möchte ich Cody von meiner ganzen Familie grüßen. Mein Sohn Josh kann leider nicht kommen, weil seine Mutter Geburtstag hat. Meine Frau kann leider ebenfalls nicht kommen, weil sie die Mutter ist, die Geburtstag hat. So viele Geburtstage heute! Aber ich konnte diese Party unter keinen Umständen verpassen. Die größte Party des Jahres! Und schau sich einer diesen Kuchen an! Könnte ich wohl ein Stück haben?«

Niles eilte mit einem großen Stück Kuchen zum Pavillon.

»Auf Cody Burr-Tyler!«, sagte Schulleiter Barkin und hob seine Gabel in die Höhe.

»Auf Cody Burr-Tyler!«, rief die Menge.

»Herzlichen Glückwunsch zum Geburtstag!«, sagte Schulleiter Barkin, den Mund voller Kuchen.

»Herzlichen Glückwunsch zum Geburtstag!«, rief die Menge.

Schulleiter Barkin schmatzte. »Also dieser Kuchen ist ein bisschen trocken. Könnte mir jemand einen Saft bringen, damit ich mit meiner Rede fortfahren kann?«

Die Menge, die keine Lust mehr hatte, Schulleiter Barkin beim Reden zuzuhören, rief: »Cody! Cody! Cody! Cody!«

Barkin, überwältigt von der Begeisterung der Menge, den Mund immer noch voller Kuchen, fiel mit ein: »CODY! CODY! CODY! CODY!«

Barkin klatschte in die Hände und ging die Stufen des Pavillons hinunter.

»CODY! CODY! CODY! CODY!«

Alle Augen waren auf die leere Bühne gerichtet.

Miles fuhr sich mit den Händen über sein T-Shirt. Er war wieder im Geschäft. Das hier war *die* Gelegenheit für seinen Auftritt. Alles passte perfekt. Er trat auf den Pavillon zu.

Die Menge brüllte.

Die Sonne schien.

Ein E-Gitarren-Riff jaulte durch den Park.

Die Menge teilte sich und aus ihrer Mitte trat ein groß gewachsener Junge mit einem Football-Helm und einem Trikot. Leichtfüßig tänzelte er an Miles vorbei und nahm die fünf Stufen zum Pavillon mit einem lässigen Sprung. Über seiner Schulter hing eine E-Gitarre. Auf dem Rücken seines Trikots prangte die Nummer 1. Und darüber stand sein Name: BURR-TYLER.

Kapitel 15

»Hallooooooooooooo, Yawnee Valleeeyyyyyy!«, rief der Junge. »Herzlichen Glückwunsch für mich!«

Wieder ertönte das E-Gitarren-Riff.

Miles schwankte leicht, während sein Gehirn zu begreifen versuchte, was seine Augen sahen. Cody Burr-Tyler, ein Junge, den es nicht gab, ein Junge, den Miles erfunden hatte, stand vor ihm. Und er *war* cool.

In Miles' Notizbuch gab es zwar Pläne für Notfälle wie »Tornados«, »Vogelattacken« und »Lebensmittelvergiftung«, aber keinen für »Dein erfundenes Geburtstagskind taucht wie durch Zauberhand auf, zieht eine grüne Wanne hinter dem Pavillon hervor und wirft Bälle in die Menge«, was genau in diesem Moment geschah.

Die Kinder balgten sich um die Bälle, die Cody signiert hatte. Schulleiter Barkin, der mehr als einen halben Meter größer war als alle anderen, fing die meisten Bälle auf. Er wirkte wie im siebten Himmel.

»Hierher! Hierher!«, schrie er.

Cody Burr-Tyler hob die Wanne hoch, um zu zeigen, dass sie leer war. Die Kinder stöhnten auf und beruhigten sich langsam wieder.

»Hey! Alles klar! Das hat Spaß gemacht! Aber jetzt mal im Ernst.« Codys Stimme wurde leiser. »Ich möchte euch allen danken, dass ihr meiner Party den richtigen Kick gegeben habt. Durch euch ist sie zu dem geworden, was sie sein sollte: die Party des Jahres! Schulleiter Barkin, danke für Ihre bewegende Rede. Ich wünschte, Sie wären mein Schulleiter.«

Schulleiter Barkin applaudierte. Als Einziger.

»Und euch allen möchte ich nur noch eins sagen: Genießt die Party! Ihr seid die Allergrößten! Und danke für die supertollen Geschenke!«

Wieder erklang die E-Gitarre. Wo kam die bloß her? Cody hatte die Gitarre auf seinem Rücken kein einziges Mal angerührt.

Cody Burr-Tyler hob beide Daumen und grinste breit in die Menge. Alle jubelten. Cody sprang über das Geländer und landete weich auf dem Rasen. Die Menge jubelte noch mehr.

»Macht's gut, Leute!«

Cody Burr-Tyler nahm Miles die Wagendeichsel aus der Hand. »Danke, dass du für mich drauf aufgepasst hast, Kleiner«, sagte er.

Miles schaute zu, wie Cody Burr-Tyler mit den Geschenken davonschlenderte und sie in den Kofferraum einer riesigen Limousine einlud, die während seiner Vorstellung mit den Bällen vorgefahren war.

»Macht einfach ohne mich weiter, Leute! Ich muss los. Bei mir zu Hause läuft noch 'ne Party.« Mit diesen Worten stieg Cody Burr-

Tyler hinten in der Limousine ein, immer noch mit dem Helm auf dem Kopf.

Der Wagen brauste mit ihm davon.

Kapitel 16

Was war passiert?

Miles saß auf der untersten Stufe des Pavillons.

Mal ernsthaft: Was war passiert?

Miles war fassungslos. Ringsum lachten die Partygäste, die Musik spielte, und Miles saß nur da. Stuart schien immer noch irgendetwas nachzujagen. Miles saß da. Autos fuhren vor, Eltern winkten ihre Kinder herbei, und die Kinder stiegen ein. Die Autos fuhren davon und hinterließen Wolken aus Staub und Abgasen. Miles saß da. Die zu spät gekommenen Gäste stürzten sich auf die Reste des Buffets – auf Hot Dogs und Brownies, nicht auf den Kuchen. Von dem war noch jede Menge übrig. Miles saß da. Holly und Niles kamen zu ihm und unterhielten sich mit ihm. Miles unterhielt sich auch mit den beiden, aber als sie gegangen waren, konnte er sich nicht mehr an die Worte erinnern, die gesagt worden waren. Es waren bloß Geräusche gewesen. Die Party war vorbei, alle waren weg, aber Miles saß immer noch da. Irgendwo in der Ferne muhte eine Kuh. Die Sonne ging unter und die Lichter im Park gingen an. Dann wurden die Rasensprenger eingeschaltet. Miles saß da.

Etwa eine Stunde nach Anbruch der Dämmerung beschloss Miles, dass es genug war mit dem Dasitzen. Er stand auf.

HAPPI

Miles hatte das Gefühl, eine andere Welt betreten zu haben. Wenn ein erfundener Junge Wirklichkeit werden konnte, war alles möglich. Vielleicht würde sich der Pavillon aus seiner Verankerung lösen und wie eine Rakete ins Weltall sausen. Dann konnte Miles eine Kolonie im Pferdekopfnebel gründen. Vielleicht würde ein Blitz in die Eiche dort drüben einschlagen und sie spalten und dann würden Goldmünzen daraus hervorsprudeln. Vielleicht würde sich ein Vulkan aus der Erde erheben und Yawnee Valley mit Lava bespucken, und die Wucht des Ausbruchs würde Miles in die Luft schleudern, und er würde zu seiner alten Wohnung in dem rosa Haus am Meer zurückfliegen, wo die Wände und die Decke seines Zimmers mit Landkarten beklebt waren. Zurück zu seiner alten Stadt, wo er der größte Witzbold gewesen war und alle das gewusst hatten. Miles wartete ein paar Sekunden darauf, dass etwas passieren würde.

Nichts passierte.

Alles, was von Cody Burr-Tylers Geburtstagsparty übrig war, war eine Wiese voller Abfall und eine Platte mit Kuchen. Miles schnappte sich einen Müllsack. Er strich mit dem Finger über den Kuchenguss, dann warf er den Kuchen in den Sack. Er hob Pappteller und Bonbonpapiere auf, Flaschen und Dosen, Pizzakrusten und verstreute Kartoffelchips. Er hatte die Party mit einem Wagen voller Geschenke verlassen wollen und stattdessen verließ er sie mit einem Sack voll Müll. Er hatte nicht einmal mehr den Wagen.

Der Wagen gehörte ihm, seit er sechs war! Trotz allem, was man sich so erzählte, fing Miles an zu glauben, dass Cody Burr-Tyler doch nicht so cool war. Was blieb denn übrig, wenn man ihm den Football-Helm und die E-Gitarre wegnahm? Ein Wagendieb!

Den Müllsack über die Schulter geworfen, schaute sich Miles noch einmal im Park um. Und da entdeckte er etwas unter dem Picknicktisch, das er vorher übersehen hatte.

Es war ein Geschenk.

Miles warf den Müllsack hin und rannte zum Tisch. Er ließ sich auf alle viere nieder. Das nasse Gras durchweichte seine Hosenbeine. Miles kroch unter den Tisch und holte das Geschenk hervor. Er schaute sich um, ob nicht vielleicht Cody Burr-Tyler in seiner Limousine um die Ecke kommen und dieses letzte Geschenk für sich beanspruchen würde. Aber nein – Miles war allein. Unter dem Tisch sitzend, hielt er das Geschenk auf seinem Schoß fest. Es war so groß wie ein Schuhkarton und das silberne Einwickelpapier schimmerte im Mondlicht. Miles biss das Band durch und riss das Papier ab. Es war tatsächlich ein Schuhkarton. Der Deckel war mit Klebeband festgeklebt. Miles pulte eine Ecke davon ab und löste den Deckel. Seidenpapier! Er schlug das Papier auseinander und schaute in den Karton.

Und dort, so schlaff und leblos wie ein echtes totes Huhn, lag – ein Gummihuhn. Das sollte doch wohl ein Scherz sein. Er packte das Huhn am Bein, ging zu seinem Müllsack und warf es hinein. Das Huhn landete mit dem Bauch nach oben auf den Überresten eines Hühnchenschenkels.

Auf dem Bauch des Gummihuhns stand etwas geschrieben.

Miles griff in den Müllsack und zog das Huhn wieder heraus.

Die Worte waren in Großbuchstaben geschrieben.

Wer würde so etwas Cody Burr-Tyler schenken?

Miles ließ das Gummihuhn fallen und rannte wieder zu dem Picknicktisch. Er durchwühlte das Geschenkpapier und zog eine winzige goldene Geschenkkarte heraus. Darauf stand in zierlicher Schreibschrift:

TATSACHE 313

Kühe haben zweiunddreißig Zähne. Genau wie du und ich!

TATSACHE 314

Kühe kamen mit den Pilgervätern nach Amerika. Dabei wollten sie gar nicht pilgern.

TATSACHE 315

Kühe können nicht kotzen.

Kapitel 17

Sonntag. Sonnenuntergang.

Miles hatte das Gummihuhn fest mit seiner rechten Hand gepackt. Er wechselte es in die linke. Beide Hände waren schweißnass. Genauso wie das Huhn.

Hinter Miles knackte ein Zweig.

Er wirbelte herum.

Es war Niles. Aber Niles sah nicht aus wie Niles. Es war schwer zu sagen, was genau an ihm anders war. Er hatte seine Schärpe nicht umgebunden, aber das war es nicht allein. Es war auch nicht nur sein zerzaustes Haar, sein entschlossener Blick, seine Jacke in Tarnfarbe oder der dunkelblaue Rollkragenpulli. Na ja, vielleicht hatte es etwas mit dem Rollkragenpullover zu tun. In dem Pullover sah Niles cool aus, und Miles hatte noch nie erlebt, dass jemand in einem Rollkragenpullover cool aussah. Abgesehen davon hatte Miles noch nie erlebt, dass Niles cool aussah. Heute war alles anders. Er wirkte größer. Er wirkte, als ob er alles unter Kontrolle hätte.

»Warum hast du das Huhn mitgebracht?«, fragte Niles.

Miles schaute auf das Huhn in seiner Hand, dann wieder zu Niles.

»Äh … Ich dachte, wir würden es vielleicht brauchen.«

»Wofür?«

»Keine Ahnung, vielleicht hat dieses Treffen etwas mit dem Huhn zu tun«, sagte Miles.

»Das Huhn war nur Mittel zum Zweck, um die Botschaft zu übermitteln. Ein Trickser nimmt oft durch ein Gummihuhn mit einem anderen Trickser Kontakt auf.«

»Oh«, sagte Miles. »Okay. Willst du das Huhn zurückhaben? Oder soll ich es behalten oder irgendwo hinlegen oder …«

»Vergiss das Huhn!«, sagte Niles.

Irgendwo in der Ferne muhte eine Kuh.

Miles verlor die Fassung. »Du hast meinen Geburtstagsparty-Streich ruiniert!«, schrie er Niles an.

»Nein. Ich habe deinen Geburtstagsparty-Streich gerettet.«

»Gerettet? *Gerettet?!*« Miles versuchte zu lachen, aber er brachte nur ein Husten zustande. »Das ist doch völliger Blödsinn. Du hast alle meine Geschenke gestohlen. Besser gesagt, Cody Burr-Tyler hat meine Geschenke gestohlen. Wer war das überhaupt?«

»Ein Typ aus Hillsdale, dem ich zwanzig Kröten gegeben habe, damit er Cody Burr-Tyler spielt.«

»Und der hat jetzt meine Geschenke?«

»Nein. Ich habe deine Geschenke, Miles.«

»Und das nennst du meinen Streich retten?«

»Dein Streich war nicht mal ein Streich.«

»Was?«

»Darf ich dich mal was fragen? Wie genau hast du dir das Ende deines sogenannten Streichs vorgestellt, Miles?«

»Ich wollte mich auf die Bühne stellen, allen sagen, dass ich sie ausgetrickst habe, und mich für die Geschenke bedanken.«

»Du wolltest also mit all diesen Geschenken abziehen, nachdem du der versammelten Schülerschaft erzählt hast, dass du sie belogen hast?«

Miles dachte kurz nach. »Ja.«

»Und wie genau hätte das ablaufen sollen?«

»Na ja, ich dachte, sie wären so verblüfft, dass sie mich einfach ziehen lassen würden.«

Niles starrte Miles an.

»Na schön, ich merke, worauf du hinauswillst«, sagte Miles. »Aber ich hätte mir trotzdem einen Namen gemacht. Ich hätte eine ganze Schule mit einem Schlag hinters Licht geführt. Dann hätten alle gewusst, wer Miles Murphy ist.«

»Klar. Miles Murphy, der Lügner und Dieb.«

»Okay, wenn du es von der Seite betrachtest …«

»Wenn man alle hinters Licht führt, wer bleibt dann übrig, der dich wegen deiner Cleverness bewundern würde? Allen einen Streich zu spielen, ist das Gleiche, wie niemandem einen Streich zu spielen.«

»Hä?«, sagte Miles.

»Du vergisst eine der grundlegenden Regeln«, sagte Niles. »Der Bock muss es verdient haben.«

»Der Bock?«

Niles verdrehte die Augen. »Recherchier mal ein bisschen! Ein Bock ist die Person, auf die es ein Trickser mit seinem Streich abgesehen hat. Das Opfer! Und dieser Bock muss es verdienen, ein Opfer zu sein. Dann genießt es jeder, wenn der Bock auf einen Streich hereinfällt. Deshalb ist Schulleiter Barkin so ein großartiger Bock. Er hat es doppelt und dreifach verdient. Und er wird so schön lila.«

»Also hast du Schulleiter Barkins Auto auf der Treppe zur Schule abgestellt!«

Wieder starrte Niles Miles an.

»Wer bist du überhaupt, dass du mir hier Trickser-Vorträge hältst?«, rief Miles. »Ich war an meiner alten Schule eine Legende!«

»Du warst ein Yak.«

»Ein was?«

Niles seufzte. »Ein Yak. Ein Yak ist jemand, der immerzu mit seinen Streichen angibt. Kein wahrer Trickser. Ein Trickser trickst nicht für Ruhm. Ein Trickser trickst für den Trick.«

Miles packte den Hals des Gummihuhns fester.

»Hör zu«, sagte Niles. »Wenn alle wissen, wer du bist, stehst du unter ständiger Beobachtung. Die anderen Schüler beobachten dich, weil sie wissen wollen, was du als Nächstes anstellst. Die Schulleiter heften sich an deine Fersen. Das ist das Ende für jeden Trickser. Die besten Streiche erfordern eine Menge Arbeit. Sie erfordern Vorbereitungen. Um die wahrhaft großen Meisterstücke durchzuführen, muss man unsichtbar sein. Die wahrhaft großen Meisterstücke stellen alle vor ein Rätsel.«

Niles' Worte zeigten Wirkung. Wenn Miles ehrlich war, wäre sein Meisterstück »Operation: Sandige Shorts« viel besser gewesen, wenn sein Klassenlehrer ihn nicht sofort erwischt hätte. Und auch die Sache mit dem Bock ergab durchaus einen Sinn. Kurz bevor

Miles weggezogen war, war ihm aufgefallen, dass Carl und Ben, seine besten Freunde und fast immer die Opfer seiner Streiche, irgendwie nicht mehr auf seine Anrufe reagiert hatten. Aber. Aber! »Aber es macht so viel Spaß, den Ruhm für einen Streich einzuheimsen!«, sagte Miles.

Niles lächelte. »Das stimmt. Deshalb habe ich dir ja das Gummihuhn geschickt. Und deshalb bist du heute hier. Ich möchte dir einen Vorschlag machen.«

Miles wartete.

»Mein Vorschlag lautet«, sagte Niles, »dass wir uns zusammentun. Wir bilden ein Team. Ein Verschwörer-Duo. Eine geheime Gesellschaft, die auf gegenseitiger Bewunderung fußt. Ich habe sogar schon einen Namen für uns. Wir nennen uns: ›Die Schrecklichen Zwei‹.«

Kapitel 18

»Nein, danke«, sagte Miles.

»Wie bitte?«, sagte Niles. Zum ersten Mal wirkte er verunsichert.

»Ich will bei deinem blöden Club nicht mitmachen.«

»Aber das wäre gut für dich, Miles! Ich könnte dir beibringen, wie man unter Radar bleibt …«

»Du? Du könntest mir was beibringen? Glaubst du das wirklich?« Miles' Gesicht fühlte sich heiß an. »Du musst mir nichts beibringen! Ich bin eine Legende!«

»Oh, ich wollte dir nicht zu nahe treten«, sagte Niles. »Du hast recht. Du hast echtes Potenzial.«

»Potenzial? POTENZIAL?!?« Miles schrie jetzt, aber er merkte es nicht. »Ich habe Streiche durchgezogen, von denen du nicht einmal zu träumen wagst! Ich sage nur: ›Operation: Kalter Haferbrei‹! Schon mal davon gehört? Oder vom ›Großen Zweilinsen-Trick‹? Wenn du dich für den Riesen-Experten hältst, bist du dann jemals bei deinen ›Recherchen‹ auf einen kleinen Streich namens ›Kartoffelkäfer-Kuchen‹ gestoßen?«

»Von diesen Streichen habe ich noch nie gehört«, sagte Niles.

»Dann bist *du* womöglich derjenige, der etwas von *mir* lernen kann. Ich habe sie nämlich alle erfunden!«

»Okay, okay«, sagte Niles und hob die Hände. »Miles, ich wollte damit nicht sagen, dass …«

»Du denkst, ich bräuchte deine Hilfe?«

»Ich denke, wir könnten einander helfen.«

»Ha, ha!«, sagte Miles. (Er lachte nicht, er sagte es: »Ha, ha!«)

Niles starrte ihn an.

Also fuhr Miles fort. »Also, ich sage es noch einmal: Nein, danke. Jetzt und für alle Zeit: Nein, danke. Ich werde nicht in deinem erbärmlichen kleinen Team die zweite Geige spielen. Im Gegenteil.« Miles holte tief Luft. »Ich erkläre dir den Krieg. Einen Trickser-Krieg.«

»Miles, ich will nicht …«

»Du hast Schiss! Du hast Schiss! Der Oberwitzbold hat Schiss!«

»Miles, ich finde wirklich, du solltest dir überlegen, was du sagst.«

»Nein, Niles, *du* solltest anfangen zu überlegen. Geh heim und denk nach, fang an zu planen, und zwar gründlich. Du wirst nämlich jede einzelne deiner Hirnzellen brauchen. Aber im Grunde genommen nutzt dir das gar nichts: Du kannst denken, so viel du willst, ich werde immer hinter dir sein, immer einen Schritt voraus.«

»Also schön. Wenn du es wirklich so haben willst. Es tut mir leid, dass …«

»Ja, mir tut es auch leid, Niles. Es tut mir leid, dass dein schönes Treffen nicht so gelaufen ist, wie du es geplant hast. Du hast wahrscheinlich gedacht, ich würde heute Abend herkommen und gleich in deinen Fanclub eintreten. Aber genau das ist der Punkt, Niles

Sparks: Du kennst mich nicht. Du hast keine Ahnung, worauf du dich da eingelassen hast.« Miles tippte sich mit dem Schnabel des Gummihuhns an den Kopf. »Und deshalb wirst du diesen Krieg auch nicht gewinnen.«

»Also schön, wie du willst«, sagte Niles. »Du kriegst deinen Krieg.«

Miles Murphy schaute Niles Sparks nach. Er schaute so lange, bis Niles im violetten Dämmerlicht zu einer Niles-förmigen Silhouette zwischen kuhförmigen Silhouetten geworden war. Er schaute ihm so aufmerksam nach, dass er Josh Barkin erst bemerkte, als ihn der Sohn des Schulleiters in den Schwitzkasten nahm.

»Ich wusste, dass du hier bist, Brotgehirn«, sagte Josh.

»Woher?«, piepste Miles, dem die Luftröhre zugedrückt wurde.

»Dieses Brotgehirn Niles Sparks hat's mir gesagt. Er hat dich verraten! Er hat mich gestern Abend angerufen und gemeint, er würde mir sagen, wo ich dich finden könnte, wenn ich ihm versprechen würde, ihn wegen der Sache mit dem Tablett nicht zu verprügeln.«

Miles hätte geseufzt, wenn er dazu in der Lage gewesen wäre.

»Selbst dein Schulfreund kann dich nicht leiden«, sagte Josh. Und dann verpasste er Miles einen Hieb in die Magengrube.

Miles ließ das Huhn fallen.

Kapitel 19

»Trickser-Krieg, Tag eins«, sagte eine kühle Stimme in Miles' Kopf, während er sich hinter einer Topfpflanze neben dem Lehrerzimmer versteckte. »Oder Tag zwei, wenn man die Sache mit Josh Barkin gestern Abend mitzählt, was ich nicht tue!«

Miles schaute auf seine Armbanduhr. Neun Minuten. Er hatte neun Minuten, um die Partie zu eröffnen.

Die Pause zwischen der zweiten und dritten Stunde bot den Schülern die Möglichkeit, etwas zu essen oder nach draußen zu gehen. Sie dauerte fünfzehn Minuten. Sechs von diesen fünfzehn Minuten hatte Miles bereits vergeudet, weil er warten musste, bis sich der Gang vor dem Lehrerzimmer geleert hatte. Jetzt war Miles allein. Er spähte hinter einem großen Philodendron-Busch hervor.

Seit er zu Beginn der Pause hier Posten bezogen hatte, hatten acht Lehrer das Lehrerzimmer betreten. Was bedeutete, dass er acht Lehrer dazu bringen musste, das Lehrerzimmer wieder zu verlassen.

Miles zog den Reißverschluss seines Rucksacks auf und holte seinen Ordner hervor. Der Ordner war völlig unauffällig, und auf den Einband hatte Miles »Formulare« geschrieben, was so ziemlich das langweiligste Wort war, das Miles sich vorstellen konnte. Miles öffnete den Ordner und zog den Gegenstand heraus, der das Lehrerzimmer in Nullkommanichts leeren würde:

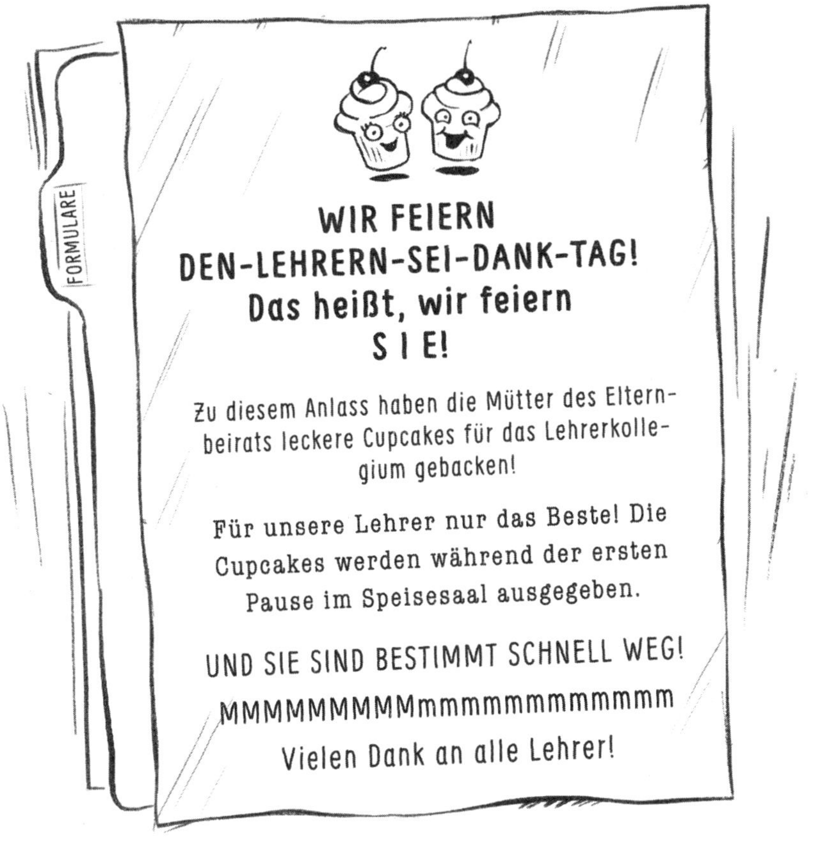

Miles schaute sich im Gang um. Die Luft war rein. Er rollte sich wie ein Actionheld hinter der Topfpflanze hervor, kroch über den Teppich und schob das knallgrüne Blatt Papier unter der Tür des Lehrerzimmers durch. Dann klopfte er zweimal und sprang wieder hinter den Philodendron.

Nachdem der Sekundenzeiger auf Miles' Armbanduhr achtmal weitergezuckt war, hörte er, wie sich die Tür öffnete. Heraus kam Mrs Thoren, gefolgt von Miss Lewis, Mr Gebott, Miss Machle, Mrs Trieber, Mr Stevenson und Mr Maxwell, die sich alle auf den Weg in den Speisesaal machten, wo sie ein großer Tisch mit Cupcakes erwartete (mit extra viel Eigelb, um sie besonders saftig zu machen. Miles hatte aus dem Debakel mit dem Geburtstagskuchen für Cody Burr-Tyler seine Lehre gezogen).

»Ich liebe Cupcakes«, sagte Mr Maxwell zu Miss Machle.

»Hoffentlich

gibt's welche mit Schokolade«, sagte Mrs Trieber zu Mr Stevenson.

»Ich verstehe nicht, warum sie die Cupcakes nicht einfach ins Lehrerzimmer bringen«, bemerkte Miss Lewis.

Das waren nur sieben Lehrer. Miles brauchte acht. Die Tür schwang zu. Er wartete eine weitere Minute. Und dann noch mal dreißig Sekunden. Noch sechseinhalb Minuten waren übrig. Wer fehlte? Miles ging in Gedanken noch mal die Prozession an Lehrern durch, die nacheinander in das Lehrerzimmer gegangen waren. Es war ziemlich viel los gewesen. Überall waren Schüler herumgerannt, Barkins Gebrüll ertönte von irgendwoher. Spindtüren knallten zu. Rucksäcke schwangen durch die Luft. Silberfarbene Trainingshosen schimmerten … Ja! Ja, es war Trainer O.!

Miles war verwirrt. Warum war Trainer O. im Lehrerzimmer geblieben? Trainer O. sah aus wie ein Mann, der Cupcakes liebte. Und hatte Miles ihn in den ersten drei Wochen an dieser Schule nicht schon unzählige Male fertig verpackte Cupcakes futtern sehen?

Aber nur in den ersten drei Wochen.

Miles sank gegen die Wand, als er sich an eine Unterhaltung zwischen Trainer O. und Trainer B. erinnerte, die er letzte Woche im Sportunterricht mit angehört hatte: Trainer O. machte eine Diät!

Und Cupcakes waren einer Diät nun nicht gerade förderlich.

Wenn Miles sich nicht ganz schnell etwas einfallen ließ, ging sein schöner Plan in die Hosen. Wie konnte er Trainer O. dazu bringen, das Lehrerzimmer zu verlassen?

Es geschah beinahe automatisch. Miles zog seinen Ordner aus dem Rucksack, nahm ein leeres Blatt von dem knallgrünen Papier heraus und schrieb.

Er überflog das Geschriebene und gab dem Zettel noch den letzten Schliff: einen Tintenstreifen in der unteren rechten Ecke, der genauso aussah wie der Streifen, den die Kopiermaschine immer machte.

Perfekt. Actionrolle. Kriechen. Klopfen.

Nach sechs Sekunden war Miles wieder hinter seiner Pflanze. Nach weiteren drei Sekunden kam Trainer O. zur Tür herausgestürzt. Die silberfarbene Trainingshose zuckte wie ein Blitz durch den Gang und verschwand um die Ecke.

Noch drei Minuten. Jetzt galt es. Zum letzten Mal verließ Miles seine Deckung und sauste zur Tür des Lehrerzimmers, packte den Türgriff, zögerte eine Sekunde und schob dann die Tür auf.

Miles war drin. Das Lehrerzimmer. Verboten für alle Schüler. Das heiligste Heiligtum. Es roch nach Kaffee.

Alles war beige, bis auf ein dunkelbraunes Sofa mit einem großen weißen Riss im mittleren Rückenpolster. Überall waren Kaffeebecher, uralte Zeitschriften und halb fertige Kreuzworträtsel verstreut. In der Mitte des Couchtischs stand eine Platte mit ein paar Doughnuts. Und an der hinteren Wand befand sich ein Regal mit etwa drei Dutzend kleinen Fächern. An den meisten davon klebten Schildchen, auf denen Nachnamen standen. Die Postfächer der Lehrer.

Jeder Schritt, den Miles machte, war mit der Aufregung behaftet, etwas Verbotenes zu tun.

Er fühlte sich wie ein Geheimagent in der Festung des Feindes. Miles atmete nicht einmal, als er vor den Postfächern stand und die handgeschriebenen Namensschilder überflog. Alvarez, Andresen, Barkin.

Miles hatte seine nächste Bewegung am Vorabend eingeübt. Ohne überhaupt hinzuschauen, griff er in seinen Ordner, zog einen großen weißen Umschlag heraus und erhob sich auf die Zehenspitzen. Dann warf er einen letzten Blick auf die Schrift auf dem Umschlag.

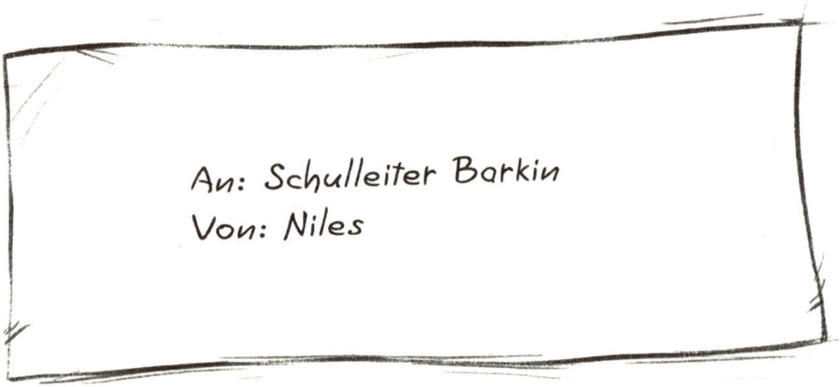

Miles kicherte, küsste den Umschlag und legte ihn in Barkins Fach.

Auf dem Weg zur Tür schnappte er sich einen Doughnut mit Liebesperlen. Als es wieder klingelte, war Miles längst in der Pausenhalle und der Doughnut in seinem Bauch.

Kapitel 20

»Also, meine Herrschaften, hopp hopp! In einer Reihe aufstellen!« Trainer O. schrie seine Anweisungen und blies dazwischen in seine Trillerpfeife. »Steht nicht in Haufen zusammen! Eine Reihe, habe ich gesagt, keine Haufen!«

Niemand stellte sich in eine Linie. Josh Barkin sprang hoch und berührte das Basketballnetz, während ein paar andere zuschauten. Stuart trug sein T-Shirt verkehrt herum. Drei Jungen saßen auf der Tribüne und lasen. Irgendwo vor der Turnhalle muhte eine Kuh.

»Kommt schon! In einer Reihe aufstellen! In einer Reihe!« Trainer O. wurde langsam wütend. »Wisst ihr nicht, was wir heute feiern? ›Den-Lehrern-sei-Dank-Tag‹? Obwohl … Schöner Dank, wenn es nicht mal fettfreien Speck gibt. Obwohl der angekündigt war!«

»Die Cupcakes waren nicht besonders, Tom«, sagte Trainer B. »Sie waren zu trocken.«

Drüben bei der Vitrine mit den Sporttrophäen verdrehte Miles die Augen.

»Dafür scheinen sie dir aber geschmeckt zu haben, Mike«, sagte Trainer O. »Du hast drei Stück gegessen, wenn ich richtig gezählt habe.«

»Niemand hindert dich daran, ebenfalls Cupcakes zu essen, Tom«, sagte Trainer B.

»Ich bin auf Diät!«, sagte Trainer O. Dann blies er wieder in seine Trillerpfeife. »In einer Reihe aufstellen!«

Die vielen kleinen Haufen schoben sich allmählich zu einem großen Haufen zusammen.

»Das nennt ihr eine Reihe? Ich nenne das einen Haufen!«, sagte Trainer O.

»Oder einen Klumpen«, sagte Trainer B.

Nach etlichem Füßescharren und Hin- und Hergeschiebe und einigen Schubsern von Josh Barkin dehnte sich der Klumpen zu einer Reihe aus.

»Also, das nenne ich eine Reihe!«, sagte Trainer O.

»Eine gute Reihe«, sagte Trainer B.

Trainer O. blies ohne ersichtlichen Grund noch einmal in seine Trillerpfeife. »Okay, Leute, wir fangen heute mit etwas Neuem an: Hallen-Hockey. Die wichtigste Regel beim Hallen-Hockey lautet: Nicht. Über. Kniehöhe. Schlagen.«

»Haltet die Stöcke gesenkt«,

sagte Trainer B., der während des Sprechens nie seine Pfeife aus dem Mund nahm, sodass jedes Wort von einem leisen Trillern begleitet wurde. »Wenn ihr die Stöcke beim Schlagen hochhebt, könntet ihr versehentlich jemanden im Gesicht treffen.«

Josh schaute Miles an und lächelte.

»Also«, sagte Trainer O. »Da drüben sind die Schläger und auf der anderen Seite die Pucks und dort die Kegel. Nehmt euch einen Stock und einen Puck, sucht euch einen Partner und versucht, euch den Puck zuzuschieben. Dann sage ich euch, was ihr mit den Kegeln machen sollt. Los!« Trainer O. blies in seine Trillerpfeife und die Reihe löste sich umgehend wieder in kleine Haufen auf.

»Diese Kinder hören einfach nicht zu«, sagte Trainer O. zu Trainer B. »Das macht mich wahnsinnig. Schau nur, wie meine Hände zittern.«

»Tom, vielleicht solltest du ein paar Kräcker essen oder etwas in der Art.«

»Ich kann keine Kräcker essen, Mike! Kräcker gehören nicht zu meiner Diät!«

»Schrei mich nicht an, Tom!«

Die Trainer verstrickten sich in ein Streitgespräch, das von gelegentlichen schrillen Pfiffen durchbohrt wurde.

Miles sah, wie Niles gehorsam einen Gummipuck aus dem Netz nahm. *Schaut ihn euch an,* dachte Miles. Er hatte beinahe ein schlechtes Gewissen. Der arme Niles. Er hatte keine Ahnung, was ihn erwartete. Und was ihn erwartete, war das niederschmetternde Ergebnis eines raffinierten Streichs.

Den ganzen Tag wartete Miles schon darauf, dass Barkin mit lila verfärbtem Gesicht auftauchen und Niles aus der Klasse rufen würde. Es war weder in Chemie passiert noch in Geschichte und auch nicht während der Lesestunde. Nicht im Kunstunterricht. Also würde es jetzt geschehen, in Sport, in der letzten Stunde des Tages. Oh, wie wunderbar! Ausgerechnet in Sport, was bedeutete, dass Niles in seinen Trainingshosen vor Barkin stehen würde. Wie peinlich! Und dann würde er suspendiert werden. Vielleicht flog er sogar von der Schule! Aber egal wie, Niles Sparks würde zum Bock werden. Und zwar wegen dem, was Miles heute Morgen in Schulleiter Barkins Postfach gelegt hatte:

Sehr geehrter Schulleiter Barkin,

ich, Niles, muss Sie bedauerlicherweise darüber informieren, dass ich es war, der am ersten Schultag Ihren Wagen auf der Treppe zur Schule abgestellt hat. Ich lege ein Geständnis ab. Es tut mir leid. Ich weiß nicht, warum ich es tat, aber mir ist klar, dass Sie mich hart bestrafen müssen. Das geht in Ordnung. Ich verdiene es und akzeptiere Ihre Strafe.

Herzlichst

Miles hatte keine Ahnung, wie Niles' Unterschrift aussah, und daher hatte er einfach etwas Unleserliches an den unteren Rand des Briefchens gekritzelt. Und jetzt stand Niles vor ihm. Miles bedauerte diesen Jungen fast, dem das Trikot in der Größe S noch zwei Nummern zu groß war und der mit dem riesigen Hockeyschläger fast umfiel.

»Partner?«, fragte Niles.

Miles zuckte mit den Schultern. »Ich habe keinen Schläger.«

»Das meinte ich nicht. Hast du noch mal über meinen Vorschlag nachgedacht, ein Team zu bilden?« Niles schaute sich um, ob jemand in Hörweite stand. »Die Schrecklichen Zwei?«

»Ach das!«, sagte Miles. »Was ist los? Bedauerst du schon, dass du den Trickser-Krieg losgetreten hast?«

»*Du* hast den Krieg losgetreten.«

»Ist ja auch egal. Weißt du was, Niles? Es macht ganz den Anschein, als ob du Angst hättest. Als ob du glaubst, es wäre besser für dich, mich an die Leine zu nehmen, weil ich mir da draußen in freier Wildbahn bessere und beeindruckendere Streiche ausdenke als du.«

Miles schaute zur Tür der Turnhalle. Jetzt wäre *die* Gelegenheit für Barkin, sich blicken zu lassen.

Aber Barkin kam nicht.

Niles griff in die Gesäßtasche seiner Turnhose und zog einen Umschlag heraus.

Nicht *einen* Umschlag.

Den Umschlag.

Miles schnappte nach Luft – zum ersten Mal während dieses Sportunterrichts. »Wo hast du das her?«

Niles zuckte lässig mit den Schultern. »Ich sortiere die Post von Schulleiter Barkin und bringe sie ihm dann. Das ist eine der Pflichten eines Schulhelfers. Wie du dir vorstellen kannst, war ich ziemlich überrascht, einen Brief von mir selbst in Barkins Postfach vorzufinden. Ich habe ihn über Wasserdampf geöffnet und dein Geständnis gefunden.«

»Erstaunlich«, sagte Miles, bevor er sich auf die Zunge beißen konnte.

»Genau das versuche ich dir klarzumachen, Miles! Wenn du kein Yak bist und under cover bleibst, wirst du auch von niemandem verdächtigt. Und wenn niemand dich verdächtigt, kannst du dich in die inneren Strukturen der Schule einschleichen. Ich habe mich bis zu einer Stelle vorgearbeitet, von der aus ich die spektakulärsten Streiche spielen kann.«

Er verstummte kurz.

Dann setzte er hinzu: »Und die lahmen Beinahe-Streiche verhindern kann.«

»Was meinst du mit ›Beinahe-Streich‹?«

»Das war kein Streich.«

»Natürlich war es ein Streich!«

»Nein, denn du hast mich bloß verpetzen wollen wegen meines Meisterstücks. Petzen ist nicht tricksen. Es ist etwas ganz anderes. Es ist fies. Und verstößt noch dazu eindeutig gegen den Trickser-Schwur.«

»Den Trickser-Schwur? Nie davon gehört!«

»Natürlich nicht«, sagte Niles. »Aber wenn du unserem Club beitreten würdest …«

»Nein! Auf keinen Fall! Ich lasse mich nicht auf irgendeinen dämlichen Club ein, bloß um irgendeinen dämlichen Schwur zu lernen, den du sowieso gerade erst erfunden hast. Ich bin ein geborener Trickser! Und Trickserblut fließt durch meine Trickseradern!«

Niles seufzte. »Also immer noch Krieg, was?«

»Immer noch Krieg.«

»Okay.« Niles hob den Umschlag und hielt ihn Miles vor die Nase. »Guck mal genau hin.«

»Was?«

Miles griff nach dem Umschlag, aber Niles zog ihn weg.

»Ich habe mich auch um das Innenleben gekümmert. Schau!«

Sehr geehrter Schulleiter Barkin,
ich, Miles, muss Sie bedauerlicherweise darüber informieren, dass ich es war, der am ersten Schultag Ihren Wagen auf der Treppe zur Schule abgestellt hat. Ich lege ein Geständnis ab. Es tut mir leid. Ich weiß nicht, warum ich es tat, aber mir ist klar, dass Sie mich hart bestrafen müssen. Das geht in Ordnung. Ich verdiene es und akzeptiere Ihre Strafe.

Herzlichst [signature]

»Das könnte sich bei einem Krieg als nützlich erweisen«, sagte Niles. »Ein signiertes Geständnis in deiner eigenen Handschrift.«

»Das ist nicht meine Handschrift!«, widersprach Miles. Er war sorgfältig darauf bedacht gewesen, seine Schrift zu verstellen. Er hatte sogar die Augen geschlossen, während er den Brief schrieb.

»Sie sieht jedenfalls viel mehr wie deine aus als wie meine.«

»Woher weißt du das?«, fragte Miles.

»Das Formular, das du für mich ausfüllen musstest«, sagte Niles. Er zog ein weiteres Blatt Papier aus seiner Hosentasche.

Schreibe einen kurzen Aufsatz (mit der Hand) und erzähle von deinen Erfahrungen und Erlebnissen in den ersten drei Schulwochen. Verwende dabei als Vergleiche Szenen aus Literatur, Geschichte und/ oder Film und Fernsehen.

Zieh Leine, Niles!

Herzlichst Miles

Den unwiderlegbaren Beweis vor Augen, musste Miles sich an dieser Stelle eingestehen, dass die Handschrift des Geständnisses seiner eigenen ziemlich ähnelte.

»Außerdem schreibe ich nicht mit einem blauen BIC-Kugelschreiber mit einer 1,6-Millimeter-Mine«, sagte Niles. »Du aber schon. Vielleicht erinnerst du dich, dass ich mir in Chemie deinen Stift ausgeliehen habe. Damit habe ich ›Niles‹ ganz einfach in ›Miles‹ abgeändert.«

Miles musste sich eingestehen, dass dieser Typ ein Ass in Sachen Planung war.

Niles steckte das Geständnis wieder in den Umschlag, leckte die Klappe ab und verschloss ihn.

»Ich denke, ich werde den Brief behalten«, sagte er. »Nur für den Fall, dass ich einmal in die Verlegenheit komme, ihn in Barkins Postfach legen zu müssen.«

Miles bedachte Niles mit einem verächtlichen Schnauben. »Ach, und das wäre keine Petzerei?«, fragte er. »Und kein Verstoß gegen den Trickser-Schwur?«

Niles lächelte. »Das wäre es nur dann, wenn du herausgefunden hättest, wie Barkins Auto auf die Treppe gekommen ist«, sagte er. »Aber diesen beeindruckenden Streich hast nicht du dir ausgedacht.« Er beugte sich vor. »Sondern ich.«

Niles drehte sich um und ging weg.

Trainer O. und Trainer B. pfiffen sich immer noch gegenseitig an, als es klingelte.

TATSACHE 585

Eine Milchkuh kann 120 Pfund Spucke am Tag produzieren. Das sind ganz schön viele Teelöffel.

TATSACHE 586

Kühe können eine Treppe hinaufgehen, aber nicht wieder herunter. Das hängt mit ihren Gelenken zusammen. Genau die gleiche Ausrede benutzt meine Oma! (Allerdings beim Treppe Rauf- und Runtergehen.)

TATSACHE 587

Kühe sind soziale Tiere und finden sich gerne zu Herden zusammen. Manchmal werden einzelne Kühe aber ausgegrenzt. Ja, ihr habt richtig gehört: Es gibt coole und uncoole Kühe!

Kapitel 21

Miss Shandy stand vor der Klasse. Sie hatte einen langen Rock und rote Sneaker an. »Wer möchte als Erstes sein Referat vortragen?«, fragte sie.

Niles Sparks hob die Hand und behielt sie oben, wobei sein Ellbogen einen beinahe vollkommenen Neunzig-Grad-Winkel bildete. Genauso wie Miles es vorausgesehen hatte.

Miss Shandy wartete, ob sich sonst noch jemand meldete.

Keine Hand war zu sehen, außer der von Niles. Genauso wie Miles es vorausgesehen hatte.

»Also schön, Niles, komm nach vorn.«

Niles ging zum Lehrerpult, einen schwarzen Schuhkarton unter dem Arm.

Alles verlief ganz nach Plan.

Eine Sache musste Miles Murphy nach dem Fiasko mit dem gefälschten Geständnis einsehen, wenn auch widerstrebend: Wenn er Niles schlagen wollte, dann musste er seine Planung deutlich verbessern. Handschriften, unterschiedliche Stiftarten, die Verantwortungen und Pflichten eines Schulhelfers – Miles hatte auf nichts dergleichen geachtet. Miles gestand sich ein, dass er tatsächlich etwas von Niles Sparks lernen konnte. (Diese Erkenntnis verursachte ihm leichte Magenschmerzen.) Und deshalb musste er sich eine neue Taktik zulegen. Er musste wachsamer sein, geduldiger und vor allen Dingen besser vorbereitet.

Ein paar Wochen, nachdem Niles ihn im Sportunterricht mit dem Umschlag konfrontiert hatte, heckte Miles seinen nächsten Coup aus.

Sein Plan begann in Miss Shandys Sozialkundeunterricht. Sie gab ihren Schülern die Aufgabe, einen einseitigen Bericht über eine antike Zivilisation zu schreiben und dann vorzutragen. Niles hatte einen Blick auf den Zettel geworfen, auf dem die Zusammensetzung der Endnoten aufgeschlüsselt war, um festzustellen, wie wichtig dieser Bericht war. Dann hatte er die Hand gehoben.

»Miss Shandy, dürfen wir unsere Präsentation mit visuellen Mitteln unterstützen?«

»Ja, klar, Niles, aber dafür gibt es keine Extra-Punkte.«

»Aber wir können visuelle Mittel einsetzen, wenn wir der Meinung sind, dass es den Lerneffekt verstärkt, nicht wahr?«

»Ja, das ist möglich.«

»Klasse!«, flüsterte Niles hörbar.

»Lass mich raten«, sagte Holly. »Ein Schaubild.«

Niles hatte nichts gesagt, sondern angefangen, ein Rechteck zu skizzieren.

Beim Mittagessen ließ sich Miles die Sache von Holly erklären.

»Er bastelt für *alles* so ein Pappschachtel-Schaubild. Im letzten Schuljahr waren es insgesamt neun Stück. In Englisch mussten wir ein Referat über ein Buch halten und er hat ein Schaubild zu *Der Herr der Fliegen* gemacht. Es war ein Dschungel mit echtem Moos und einem von innen erleuchteten Eberkopf mit kleinen roten Augen mit Lichtern drin, die an- und ausgingen. In Mathe haben wir über dreidimensionale Formen gesprochen und er hat ein Schaubild der Bibliothek von René Descartes mitgebracht. In Biologie haben wir Erdbeben durchgenommen und mussten tatsächlich Schaubilder anfertigen. Er hat eins über die Erdfaltung gebastelt und zusätzlich eins, das veranschaulichte, wie er das erste Schaubild hergestellt hat.«

»Ich glaube, er mag Schaubilder«, sagte Miles.

»Nein, ehrlich?!?«, fragte Holly.

»He, Holly«, sagte Miles. Es gab da eine Sache, die ihm keine Ruhe ließ. »Hast du schon mal erlebt, dass jemand in einem Rollkragenpullover cool aussieht?«

»Klar. Steve McQueen. Richard Roundtree.«

»Wer?«

»Alte Filmstars«, seufzte Holly. »Sag mal, kann ich deinen Obstsalat haben?«

Miles liebte Obstsalat, aber heute hatte Holly ihn sich verdient. Wenigstens die Hälfte davon. Die Information, die sie ihm gegeben hatte, war äußerst wertvoll.

»Hi, Holly. Hi, Brotgehirn.« Josh Barkin war zu ihnen an den Tisch gekommen.

»Hi, Josh«, sagte Holly.

Josh zog sich einen Stuhl heran und setzte sich. »Holly, lass uns mal miteinander reden.« Er schenkte Holly das gleiche Lächeln, das er sonst für die Lehrer reserviert hatte. »Also, die Weihnachtsferien rücken näher, und ich weiß, dass in dieser Zeit alle Leute über ihre politische Zukunft nachdenken. Ich hoffe, du hast nicht vor, wieder als Jahrgangssprecher zu kandidieren, wenn die Ferien vorbei sind.«

»Doch.«

»Na, ich bewundere deinen Optimismus, Holly, ganz ehrlich. Aber angesichts der Tatsache, dass du in den letzten beiden Jahren die Wahl verloren hast, dachte ich, ich biete dir an, dich mir anzuschließen. Was hältst du davon, wenn du dich zum stellvertretenden Jahrgangssprecher wählen lässt?«

»So was gibt es bei uns nicht, Josh.«

»Ich könnte mit meinem Vater reden, damit er diesen Posten einführt.«

»Ich will Jahrgangssprecherin werden, Josh.«

»Tut mir leid, das zu hören.« Josh runzelte die Stirn. »Du weißt ja, dass ich niemals ein Mädchen verprügeln würde, aber ich habe keine Probleme damit, dieses Brotgehirn hier in den Boden zu stampfen, wenn du dich aufstellen lässt.«

Holly zuckte mit den Schultern. »Mach doch.«

Der Blick, den Miles Holly zuwarf, sagte so etwas wie: *Das ist bloß Taktik, oder?*

Der Blick, den Holly Miles zuwarf, sagte gar nichts.

Josh stand auf, vergewisserte sich, dass niemand herschaute, und trat dann einen Stuhl um. »Ihr seid beide Brotgehirne.«

»Vielen Dank auch«, sagte Miles, nachdem Josh weg war.

»Er hat's doch sowieso schon auf dich abgesehen«, sagte Holly. »Wenigstens bist du jetzt ein politischer Held.«

Da hatte sie nicht ganz unrecht.

»Willkommen im Widerstand«, sagte Holly. »Hier, nimm dir etwas Obstsalat.«

Miles wollte gerade anmerken, dass es *sein* Obstsalat war, doch dann besann er sich eines Besseren.

Für die Sozialkunde-Referate hatten sie zwei Wochen Zeit. Noch nie zuvor hatte sich Miles für einen Streich so viele Notizen gemacht. Er zeichnete Diagramme und Skizzen, schrieb Fragen und Antworten auf.

Am Freitag hatte er sich entschieden.

Schritt 1: Recherche.

Während sie sich für den Sportunterricht umzogen, betrachtete Miles unauffällig Niles' Schuhe. Es waren glänzende schwarze Budapester, Größe 38. Aufschreiben.

GLÄNZENDE SCHWARZE BUDAPESTER: → GRÖSSE 38

Schritt 2: Das Fundament errichten.

Damit fing Miles an, als ihn seine Mutter Judy von der Schule abholte.

»Ich brauche neue Schuhe für die Schule«, sagte Miles.

»Du hast doch gerade erst neue Schuhe bekommen«, sagte Judy Murphy.

»Ich meine nicht *solche* Schuhe. Schöne Schuhe.«

»Das sind schöne Schuhe.«

»*Schöne schöne* Schuhe.«

»Das sind *schöne schöne* Schuhe.«

So ging das nicht. Taktikwechsel.

»Mom, es ist nur ... Ach, schon gut.«

»Was ist?«

»Nein, ich will nicht drüber reden.«

»Miles, du kannst es mir sagen.«

»Na ja, es ist nur, dass die anderen Kinder sich über diese Schuhe lustig machen.«

»Wirst du gemobbt? Bist du das Opfer einer Mobbing-Attacke?«

»Nein, das ist es nicht ...«

»Gibt es Mobbing bei euch an der Schule? Ich habe nämlich gerade im Fernsehen diese Reportage über Mobbing gesehen, und ...«

»Nein, nein. Es ist nur ...«

»Du solltest wirklich nicht versuchen, jemand anderes zu sein, nur weil irgendwelche Kinder es auf dich abgesehen haben. Schau mich an, Miles. Sei du selbst. Zieh keine anderen Schuhe an. Wenn du möchtest, rede ich mit Schulleiter Barkin. Das Einzige, was hier funktioniert, ist eine absolute Null-Toleranz-Politik ...«

Das lief ja völlig aus dem Ruder.

»Mom! Ich werde nicht gemobbt! Das ist nicht der Grund, warum ich neue Schuhe will.«

Weiter so, Miles.

»Der Grund dafür ist, dass ich irgendwie … nicht mehr so nachlässig gekleidet sein will. So wie du gesagt hast, als wir die Sachen für die Schule eingekauft haben: Es könnte mir nicht schaden, mich mehr wie ein junger Mann zu kleiden.«

Um 16:22 Uhr besaß Miles ein Paar schwarze Budapester, genauso wie Niles. Er hasste sie. Aber über den Schuhkarton freute er sich ehrlich.

Schritt 3: Beginn der Ausführung.

Jeden Morgen vor dem Schulgebäude, sobald der Wagen seiner Mutter nicht mehr zu sehen war, zog Miles sein Shirt aus der Hose und tauschte die schwarzen Budapester gegen seine Sneaker. Nach der Schule stopfte er das Shirt in die Hose und schnürte die Budapester wieder an seine Füße. Und jeden Abend arbeitete er an seinem Schaubild.

Aber eins nach dem anderen: Miles hatte Schuhgröße 39. Ein bisschen Permanent-Marker löste dieses Problem.

Der Rest des Schaubilds erforderte mehr Zeit. Miles verbrachte die ganze Woche mit Schneiden, Malen, Kleben und Formen. Er brauchte auch das ganze

Wochenende dafür. Am späten Sonntagabend war er fertig. Miles war zu müde, um seine Arbeit zu bewundern. Erst nach Mitternacht kritzelte er eine Seite über die ägyptischen Pharaonen zusammen und ging schlafen.

Am Montagmorgen marschierte Niles mit einem schwarzen Schuhkarton in Miss Shandys Klassenzimmer. Der Schuhkarton sah – zumindest äußerlich – genauso aus wie der in Miles' Rucksack. Niles setzte sich und schob den Schuhkarton ordentlich unter seinen Stuhl.

Innerlich tanzte Miles vor lauter Vorfreude. Äußerlich war Miles total neutral. Normal und langweilig wie ein Schuhkarton.

Es klingelte. Wie immer.

Miss Shandy erfasste die Anwesenheit. Wie immer.

Niles stand auf und hängte die Anwesenheitsliste an einen Haken draußen vor dem Klassenzimmer.

Alles wie immer.

In diesem Moment ließ Miles seinen Stift zu Boden fallen, bückte sich und vertauschte mit einer einzigen eleganten Bewegung die beiden Schuhkartons. Dann hob er seinen BIC-Kugelschreiber mit der 1,6-Millimeter-Mine wieder auf.

Niles kehrte zu seinem Platz zurück und setzte sich. Er hatte nichts bemerkt.

Miles starrte auf seinen Referattext und lächelte bei dem Gedanken an den Tumult, der gleich losbrechen würde.

Niles hatte ein Schaubild der Hängenden Garten von Babylon gemacht.

Und Miles hatte es gegen ein Schaubild von Schulleiter Barkin vertauscht, der in einer Badewanne ein Schaumbad nahm.

Miss Shandy stand vor der Klasse in ihrem langen Rock und den roten Sneakern. »Wer möchte uns als Erstes sein Referat vortragen?«

Niles Sparks hob die Hand und behielt sie oben, wobei sein Ellbogen einen beinahe vollkommenen Neunzig-Grad-Winkel bildete. Genauso wie Miles es vorausgesehen hatte.

Miss Shandy wartete ab, ob sonst noch jemand die Hand heben würde.

Niemand meldete sich. Genauso wie Miles es vorausgesehen hatte.

»Okay, Niles, komm nach vorn.«

Niles marschierte mit einem schwarzen Schuhkarton unter dem Arm vor die Klasse.

Er stellte den Schuhkarton auf Miss Shandys Schreibtisch. Der Deckel war immer noch verschlossen. Niles liebte große Auftritte.

»Ich möchte euch jetzt einen der schönsten Anblicke der Weltgeschichte zeigen«, sagte Niles.

Miles versteckte sein Grinsen hinter einem Schnellhefter.

»Was ihr sehen werdet, ist legendär – und trotzdem bis heute von Rätseln umgeben.«

Das war fast zu schön, um wahr zu sein.

»Macht euch bereit. Denn wir treten nun eine Reise an in ein verbotenes Heiligtum, das euch in Erstaunen versetzen wird.«

Niles griff nach dem Deckel des Schuhkartons.

»Schaut her!«

Mit einer Bewegung, als würde ein Zauberkünstler ein Kaninchen aus dem Hut ziehen, nahm Niles Sparks den Deckel des Schuhkartons ab und enthüllte eine detailgetreue Nachbildung der Hängenden Gärten von Babylon.

»Ich muss zugeben, das ist ein ziemlich gutes Schaubild«, sagte Holly.

»Die Wissenschaftler schreiben dieses Weltwunder dem babylonischen König Nebukadnezar II. zu«, fuhr Niles fort. »Allerdings behaupten andere, dass sich die Hängenden Gärten gar nicht in Babylon befanden, sondern dem assyrischen König Sennacherib gehörten.«

Unmöglich.

Das war einfach unmöglich.

Miles hatte doch die Schuhkartons vertauscht. Oder nicht? Doch. Wirklich? Ja. Aber vielleicht sollte er besser noch mal nachschauen? Ja, er schaute wohl besser noch mal nach. Denn wenn Niles immer noch sein Babylon-Schaubild hatte, was befand sich dann in seinem Schuhkarton?

Miles tauchte unter seinen Schreibtisch. Er nahm den Deckel von seinem Schuhkarton ab und ließ zweitausend Grashüpfer im Klassenzimmer frei.

Kapitel 22

»Grashüpfer?«, wiederholte Schulleiter Barkin. Er hatte sich so weit über seinen Schreibtisch nach vorne gebeugt, dass sein lilafarbener Kopf unangenehm in den Dunstkreis hineinreichte, den Miles für sein ganz privates Umfeld hielt. »GRASHÜPFER?«

»Ja«, sagte Miss Shandy, die neben Miles saß. »Grashüpfer.«

»Miss Shandy, ich habe mit Miles gesprochen.« Schulleiter Barkin beugte sich noch ein Stückchen weiter vor. »GRASHÜPFER?«

»Ja«, sagte Miles. »Grashüpfer.«

»Miles Murphy, ist das etwa deine Idee von einem …« Barkins Nase rümpfte sich und seine Zunge ruhte an seinen beiden Schneidezähnen. »… von einem Streich?«

»Nein, Sir.«

Eine Wolke aus Grashüpfern, die sich im Klassenzimmer ausbreitet. Kreischende Mädchen. Kreischende Jungen. Josh Barkin, der sich unter seinen Schreibtisch duckt wie bei einer Katastrophenübung. Stuart, der sich auf seinen Stuhl stellt, ein Blatt in der Hand, und unbekümmert ausruft: »Ey, Leute, keine Panik! Ich hab voll die tolle Idee!« Grashüpfer, die in Gesichter springen und sich in Haaren verheddern. Grashüpfer, die von den Wänden abprallen. Stuart, der mit diesem Blatt wedelt (wo hat er bloß das Blatt her?) und ruft: »Die *fressen* das, echt Mann!« Das Gefühl von Grashüpferbeinen auf der Haut. Der Lärm – dieses kollektive Zirpen, das mehr einem Schreien ähnelt, wie ein Auto, das mit quietschenden Reifen durch eine Kurve fährt. Es war ein ganz bewundernswerter Streich. Aber unglücklicherweise war es nicht Miles' Idee gewesen. Er hätte heulen können.

»Und warum hast du, Miles Murphy, dann einen Schwarm Grashüpfer in Miss Shandys Klassenzimmer freigelassen?«

»Es war ein … Unfall?«, sagte Miles.

»Ein Unfall.«

Schulleiter Barkin verzog das Gesicht zu dem Grinsen, das ein Schulleiter auflegt, wenn er einen Übeltäter erwischt hat. »Und warum hattest du Tausende von Grashüpfern in deinem Rucksack, Miles Murphy?«

Miles zuckte zusammen wie ein in die Enge getriebener Übeltäter. In dem Augenblick, in dem die Grashüpfer-Wolke aus dem Schuhkarton aufgestiegen war, hatte Miles gewusst, dass man ihm diese Frage stellen würde. Aber er hatte noch keine Antwort darauf gefunden. Was sollte er machen? Die Wahrheit erzählen? Natürlich nicht! Schulleiter Barkin würde nie im Leben glauben, dass sein braver Schulhelfer für ein derartiges Chaos verantwortlich sein könnte. Niles hatte recht: Er war über jeden Verdacht erhaben. Und wenn Miles die Wahrheit sagte, würde er noch dazu Niles verpetzen, und eine Petze war Miles nicht. Im Übrigen würde die Wahrheit auch das Eingeständnis beinhalten, dass er selbst ein naturgetreues Schaubild des badenden Schulleiters gebastelt hatte.

Was Miles für keine besonders gute Idee hielt. Es gab keinen Zweifel: Miles steckte in der Klemme. Was sollte er sagen? Warum hätte er Tausende von Grashüpfern mit in die Schule bringen sollen?

»Sie waren als visuelle Unterstützung meines Referats gedacht«, sagte Miles. »Über antike Zivilisationen.«

Schulleiter Barkins Gesichtsfarbe schien zu flackern.

»Was?«

»Miss Shandy meinte, wir könnten visuelle Mittel einsetzen, wenn wir der Meinung sind, dass es den Lerneffekt unserer Präsentation verstärkt.«

»Stimmt das, Miss Shandy?«

Miss Shandy blickte Miles mit einem merkwürdigen Ausdruck an. »Das habe ich gesagt, ja.«

»Nun, in dem Fall ...« Barkins Gesicht entspannte sich und wurde apfelsinenorange, doch nach wenigen Sekunden verfärbte es sich wieder pflaumenfarben. »Moment mal! Miles Murphy, das ist doch lächerlich! Ein visuelles Mittel zur Unterstützung eines Referats könnte ein Schaubild oder etwas Ähnliches sein. Wie sollte ein Schwarm Grashüpfer dein Referat bereichern?«

»Na ja, mein Referat handelte von den ägyptischen Pharaonen. Die Grashüpfer sollten die Heuschreckenplage darstellen. Sie wissen schon, eine von den zehn Plagen, von denen in der Bibel die Rede ist. Denn wie allgemein bekannt ist, glauben Wissenschaftler und Historiker, dass die Geschichte der zehn Plagen auf tatsächlichen Naturkatastrophen beruht ...«

»Ja, ja, das weiß ich natürlich!«, sagte Schulleiter Barkin. »Das stimmt doch wohl, nicht wahr, Miss Shandy?«

»Ja«, sagte Miss Shandy, die Miles immer noch anschaute.

»Also«, fuhr Miles fort, »ich wollte verdeutlichen, wie ein Schwarm Heuschrecken wirken würde. Nur dass die Grashüpfer eigentlich nicht aus dem Schuhkarton herauskommen sollten.« Miles setzte sein unschuldigstes Gesicht auf. »Es sieht ganz danach aus, als hätte ich der Klasse auf ungewöhnlich plastische Art klargemacht, was ein Schwarm Heuschrecken anrichten kann.« Reumütig zuckte er mit den Schultern. »Ich jedenfalls habe eine Menge daraus gelernt.«

Schulleiter Barkin pustete die Luft durch die Nasenlöcher aus. »Irgendetwas an dieser Sache stinkt.«

»Das sind wahrscheinlich die Grashüpfer«, beeilte sich Miles zu sagen. »Sie riechen irgendwie nach Schweiß.«

»Blödsinn!«, sagte Barkin. »Wenn ich sage, dass etwas stinkt, meine ich das nicht wörtlich, sondern metaphorisch. Und wir Barkins haben ganz hervorragende metaphorische Nasen. Etwas ist hier verkehrt, Miles Murphy. Etwas stimmt nicht. Dies, Miles Murphy, ist der zweite Streich.«

»Und was war der erste Streich?«, fragte Miles.

»Der erste Streich war mein Auto oben auf der Schultreppe.«

»Das war ich nicht.«

»Das sagst du! Genauso wie du sagst, dass du die Grashüpfer nicht freilassen wolltest! Und metaphorisch gesehen bedeutet die Tatsache, dass du behauptest, nicht für diesen Streich verantwortlich zu sein, dass es ein Streich ist! Der dritte Streich wird wiederum ein Streich sein, von dem du behauptest, du wärst es nicht gewesen, was bedeutet, dass ich spätestens dann die Nase von deinen Streichen gestrichen voll haben werde, weil ich genau weiß, dass du es doch warst. Durch diesen dritten Streich werden die anderen zwei Streiche erst wahrhaftig real, werden von der reinen Behauptung, es nicht gewesen zu sein, transformiert in etwas, das sich zu einem Manifest aufschwingt, bis zu …«

»Schulleiter Barkin«, sagte Miss Shandy, »wenn das alles ist, würde ich vorschlagen, dass Miles wieder zurück in die Klasse geht und anfängt, die Grashüpfer einzusammeln.«

»Oh ja, natürlich«, sagte Barkin.

Miles stand auf. Das war's? Kam er tatsächlich ohne Strafe davon?

»Was trödelst du noch hier herum?«, kläffte Barkin. »Troll dich!«

Kapitel 23

Niles Sparks wartete vor Schulleiter Barkins Tür.

»Ziemlich clever«, sagte Niles. »Deine Ausrede mit der Heuschreckenplage war wirklich inspirierend.«

»Woher weißt du davon?«

Niles holte ein Wasserglas hinter dem Rücken hervor. »Uralter Abhör-Trick«, sagte er.

»Funktioniert das wirklich?«, fragte Miles.

»Versuch's.«

Miles legte das Glas mit dem Rand an die Tür und drückte sein Ohr an den Glasboden.

»Ja, aber ich habe den Unterricht nicht ausfallen lassen«, sagte Miss Shandy. »Ich bin mit den Schülern lediglich auf den Pausenhof gegangen, damit sie dort ihre Referate halten konnten, anstatt in einem Klassenzimmer voller Grashüpfer.«

»Ja, ja, das verstehe ich ja«, sagte Barkin. »Aber Sie müssen wissen, dass wir Barkins äußerst sensibel sind, wenn auch nur der Verdacht besteht, dass irgendeine Störung im Schulalltag vorliegen könnte. Sie werden nicht leugnen, dass ich in dieser Angelegenheit sehr fortschrittlich bin. Wenn ich mir vorstelle, was mein Vater gesagt hätte, wenn er gesehen hätte, wie Sie Ihre Schüler mitten am Tag unter der alten Eiche versammeln!«

Miles gab Niles das Glas zurück. »Nicht schlecht«, sagte er und gab sich Mühe, zu verbergen, wie cool er es in Wirklichkeit fand.

Die beiden Jungen gingen gemeinsam durch den Gang.

»Diesmal hast du dir wirklich einen guten Streich einfallen lassen«, sagte Niles.

»Oh, vielen Dank auch!«, sagte Miles.

»Das meine ich ernst.«

»Woher wusstest du, was ich vorhatte?«

Niles blieb stehen.

»Woher wusstest du, dass ich die Schuhkartons austauschen würde?«, fragte Miles erneut.

»Ich habe dich letzte Woche jeden Morgen dabei beobachtet, wie du auf dem Parkplatz ein Paar Budapester ausgezogen und deine Sneaker angezogen hast, nachdem deine Mutter weg war«, sagte Niles. »Also war es ziemlich einfach für mich, herauszufinden, warum du genau die gleichen Schuhe hast wie ich, obwohl du sie

nicht anziehen willst. Obwohl … Ich muss sagen, du solltest den Budapestern eine Chance geben. Wenn sie erst eingelaufen sind, sind sie wirklich bequem, und …«

»Aber wie …?«

»Du hast den Karton mit den Grashüpfern genommen, als du die beiden Kartons ausgetauscht hast. Und dann, als du nicht aufgepasst hast, habe ich dein Schaubild, das du mir untergeschoben hast, durch mein echtes ersetzt. Warum hast du überhaupt die ganze Zeit auf deinen Schreibtisch gestarrt? Lass mich raten: Du hast dir vorgestellt, was passiert, wenn ich das Barkin-Schaubild enthülle, stimmt's?«

Miles gab keine Antwort.

»Auch etwas, das ich gelernt habe«, sagte Niles. »Man sollte niemals feiern, bevor die Sache gelaufen ist.«

Miles wusste nicht, auf wen er wütender war: auf sich selbst oder auf Niles. Wahrscheinlich auf Niles.

»Na toll, wieder so ein Experten-Ratschlag von Dr. Experte.« Das war kein besonders guter Spruch, aber Miles war sehr, sehr wütend.

»Miles, das ist so, als ob ein Zauberkünstler seine Tricks verrät. Ich sage dir das alles bloß, weil ich dein Talent für Improvisation respektiere. Das ist auch der Grund, warum die ›Schrecklichen Zwei‹ eine so tolle …«

»Oh bitte! Weißt du, Niles, es ist ziemlich einfach, im Hinterhalt zu hocken und alles kaputt zu machen. Aber es ist etwas völlig anderes, etwas Eigenes zu erschaffen.«

»Was?«

»Na ja, irgendwie kommt es mir so vor, als ob dieser Krieg eine ziemlich einseitige Angelegenheit wäre. Ich denke mir Streiche aus und du versaust sie. Super, echt. Warum sollte ich mich mit dir zusammentun? Weil du herausgefunden hast, wie man einen Wagen auf einer Treppe abstellt? Wahnsinn. Ooooh. Wow. In den vergangenen sechs Wochen hast du nichts weiter getan, als defensiv zu spielen. Wenn du so ein Mega-Trickser bist, dann solltest du langsam mal was liefern.«

»Okay«, sagte Niles und ging davon.

Und Miles ging Grashüpfer einsammeln.

TATSACHE 777

Eine Kuh wiegt im Durchschnitt 1.400 Pfund, und keine einzige Kuh macht sich Sorgen um ihre Figur!

TATSACHE 778

Studien haben bewiesen, dass Kühe bei klassischer Musik mehr Milch produzieren. Also solltest du das nächste Mal, wenn du ganz schnell einen Becher Milch von einer Kuh haben willst, Tschaikowski, Chopin oder Bach auflegen!

TATSACHE 779

Eine Kuh frisst hundert Pfund Gras am Tag. Wozu braucht man da noch einen Rasen-mäher?

Kapitel 24

Miles Murphy litt unter Schlafmangel. Er aß kaum noch etwas. Den Leuten fiel auf, dass er in letzter Zeit ein bisschen grau aussah.

»Dein Gesicht sieht irgendwie grau aus«, sagte Holly, als sie Miles im Gang begegnete. »Bist du krank?«

Miles Murphy war nicht krank. Aber er war auch nicht gesund. Seit zwei Monaten wartete er auf einen Angriff, der nicht kam. Er war nicht in der Lage gewesen, seine Weihnachtsferien zu genießen, weil er Angst hatte, dass Niles ihm im Einkaufszentrum einen Streich spielen würde oder in seinem Haus oder wenn er sich vor Josh Barkin hinter einem Briefkasten versteckte. Jetzt, wo die Schule wieder angefangen hatte, war er ohnehin nirgends sicher. Der Unterricht lief seit drei Wochen, und Niles hatte immer noch nicht zugeschlagen – vermutlich dank Miles' unermüdlicher Wachsamkeit. Das war auch eine Art Sieg, aber ein sehr schmerzvoller.

Holly marschierte unbekümmert durch die Schule. Sie winkte anderen Kindern zu, lächelte Lehrer an, klopfte mit den Fingerspitzen gegen Spindtüren, wenn sie daran vorbeikam. Sie hatte Energie und Kraft. Sie hatte Charisma.

Miles hielt sich immer einen oder zwei Schritte hinter Holly.

Ihm blieb nichts anderes übrig. Er befand sich auf DEFCON 5. Oder DEFCON 1. Je nachdem, welche Stufe die größte Gefahr bedeutete. (Es war DEFCON 1; Miss Shandy hatte es letzten Dienstag im Landeskundeunterricht erwähnt, aber in letzter Zeit passte Miles kaum noch auf, weil in seinem Kopf ständig die Alarmglocken schrillten.)

Holly deutete auf ein DIN-A 4-Blatt an der Wand.

Der Rest der Wand wurde von einem Wahlplakat eingenommen, einem riesigen Schwarzweiß-Foto von Josh Barkin und seinem Vater. Das Plakat war mit Krepppapier dekoriert. Über Joshs Kopf stand sein Slogan.

»Ich wette, er hat das Krepppapier aus dem Kunstraum geklaut«, sagte Holly. »Und außerdem kriegt er die beste Plakatfläche, gleich neben dem Trinkbrunnen. Ich musste meins am Lehrerklo aufhängen.«

Sie deutete auf ein Poster am anderen Ende des Gangs.

Sie zuckte mit den Schultern. »Aber irgendjemand muss sich ja der Übermacht entgegenstellen.«

Sie gingen weiter.

»Guten Morgen, Alice«, sagte Holly zu Alice.

»Hey, Scotty!«, sagte Holly, vermutlich zu einem Jungen namens Scotty.

Sie bogen um die Ecke und da war er.

»Hi, Niles.«

»Hi, Holly! Hi, Miles!«

Miles hätte wegschauen sollen. Aber Niles fing seinen Blick ein und lächelte. Miles' Magen, der aus Schlaf- und Essensmangel ohnehin ziemlich angegriffen war, gurgelte und drehte sich um. Niles' Lächeln war oberflächlich betrachtet ein ganz normales Lächeln – unschuldig und freundlich, typisch für Schulhelfer-Typen. Aber in seinen Augenwinkeln lag noch etwas anderes. Selbstsicherheit. Bosheit. Gefahr. Seit Wochen verursachte dieses Lächeln bei Miles Furcht und Schrecken. Mitten im Unterricht wandte sich Niles manchmal zu Miles um und lächelte. Nach der Schule, wenn Miles über den Parkplatz ging, winkte Niles ihm zu und lächelte. Nachts tauchte Niles’ lächelndes Gesicht in Miles’ Träumen auf. (Nur dass in diesen Träumen Niles’ Kopf mit kurzen blonden Borsten bewachsen war und er kleine, rot blinkende Augen hatte. Und dass diese Träume sich immer im Supermarkt abspielten, und zwar im Gang mit den Milchprodukten, was ziemlich komisch war!) Niles’ Lächeln war überall.

Niles wusste genau, wie sehr Miles dieses Lächeln hasste. Miles wusste, dass Niles es wusste, und Niles wusste, dass Miles es wusste, und irgendwie hatte sich dieses ganze Wissen in den tiefsten Tiefen von Niles’ Lächeln eingenistet. Das Lächeln war ein Omen. Ein Vorbote des Bösen. Das Lächeln bedeutete, dass ein Streich bevorstand. Manchmal schreckte Miles in der Nacht hoch und fragte sich, ob das Lächeln nicht in Wirklichkeit der Streich *war*. Aber am Morgen, wenn die Sonne durch sein Fenster schien, wusste Miles, dass er nicht so leicht davonkommen würde.

336
337

Kapitel 25

Holly und Miles blieben vor Miles' neuem Spind stehen, Spind Nr. 336. Stuart gab gerade die Zahlenkombination in dem Spindschloss darunter ein, Spind Nr. 337, der früher einmal Miles gehört hatte.

»He«, sagte Holly überrascht, »seit wann hast du denn einen oberen Spind?«

»Ey, wir haben doch getauscht«, erklärte Stuart.

»Sag bloß, du hast deinen oberen Spind gegen …?«

Hinter Stuarts gebeugtem Rücken signalisierte Miles Holly, dass sie still sein sollte, indem er stumm an seinem Hals sägte.

»Ja, klasse, oder?«, sagte Stuart. »Kein Mensch will doch einen oberen Spind haben!«

Holly zog die Augenbrauen hoch. Jeder wollte einen oberen Spind. Miles wollte einen oberen Spind. Und als – absolut einziges – Highlight des letzten Monats war es ihm gelungen, Stuart dazu zu bringen, ihm seinen Spind zu überlassen.

Es war die uralte Tom-Sawyer-Tour: An einem Dienstag vor dem Mittagessen hatte sich Miles vor seinen Spind gekniet und eine Münze aus der Tasche gezogen.

»He, schau dir das an!«, sagte Miles. »Ein Vierteldollar!«

»Echt jetzt?«, sagte Stuart. »Du hast einen Vierteldollar gefunden, Mann?«

»Ja. Und guck mal, das ist ein Vierteldollar von der Zweihundertjahrfeier.« Miles hob das Geldstück hoch und zeigte Stuart den Trommler auf der Rückseite.

»Wow! Ey, sind die nicht sogar mehr wert als normale Vierteldollars?«

»Ja«, sagte Miles. »Ungefähr zwei Dollar, glaube ich.«

Stuart starrte die Münze an und keuchte.

»Ich finde ständig solches Zeug auf dem Boden«, sagte Miles. »Die Leute lassen ja auch ständig was fallen. Das ist einer der Gründe, warum ich meinen unteren Spind so toll finde.«

»Ey, Alter, wieso *einer* der Gründe?«

»Na ja, du musst deine Bücher nicht hochwuchten. Das kann zu Verletzungen führen, weißt du? Hast du schon jemals so ein komisches Kribbeln im Unterarm gespürt?«

»Klar, Mann, mein Unterarm tut echt weh«, sagte Stuart. »Ist das schlimm?«

»Könnte sein. Könnte eine Sehnenscheidenentzündung sein. Oder das Karpaltunnelsyndrom.«

»Echt jetzt? Oh Mann!«

»Wahrscheinlich ist es nicht das Karpaltunnelsyndrom.« Miles steckte den Vierteldollar ein. »Aber man kann nie wissen.«

Stuart wirkte ein bisschen nervös. Es war Zeit, die Falle zuschnappen zu lassen.

»Außerdem bleibt in einem unteren Spind das Essen länger frisch und kühl. Du weißt ja, warme Luft steigt nach oben.«

»Ich wünschte echt, ich hätte einen unteren Spind.«

»He, mal langsam, Stuart, ich werde nicht mit dir tauschen.«

»Bitte, Mann, tausch mit mir!«

»Auf keinen Fall. Das wäre kein gerechter Tausch. Ich liebe meinen Spind!«

»Bitte, Mann!!!«

»Vielleicht wenn …«, setzte Miles an. »Nein.«

»WAS?«

»Ich wollte sagen, wenn du mir eine Woche lang deinen Obstsalat überlässt, aber …«

»Ey, Mann, und wie wäre es mit einem Monat?!?«

Und so kam Miles zu einem oberen Spind. Er wollte Holly die Geschichte erzählen, sobald Stuart wieder weg war, aber Stuart blieb, wo er war. Er konnte sich nicht mehr an die Zahlenkombination erinnern.

»Ähm, Miles«, sagte Stuart. »Wie war doch gleich die letzte Zahl?«

»Dreizehn.«

»Ach ja!« Stuart drehte das Rädchen nach links. Die Metalltür schwang auf.

»Also echt, an das hier kann ich mich nicht erinnern«, sagte Stuart mit einem Blick in seinen Spind.

Ein schnappendes Geräusch ertönte, gefolgt von einem gedämpften *Uff!* von Stuart, dem eine Torte aus seinem Spind ins Gesicht flog.

Und das hatte Stuart eine Sekunde zuvor in seinem Spind gesehen:

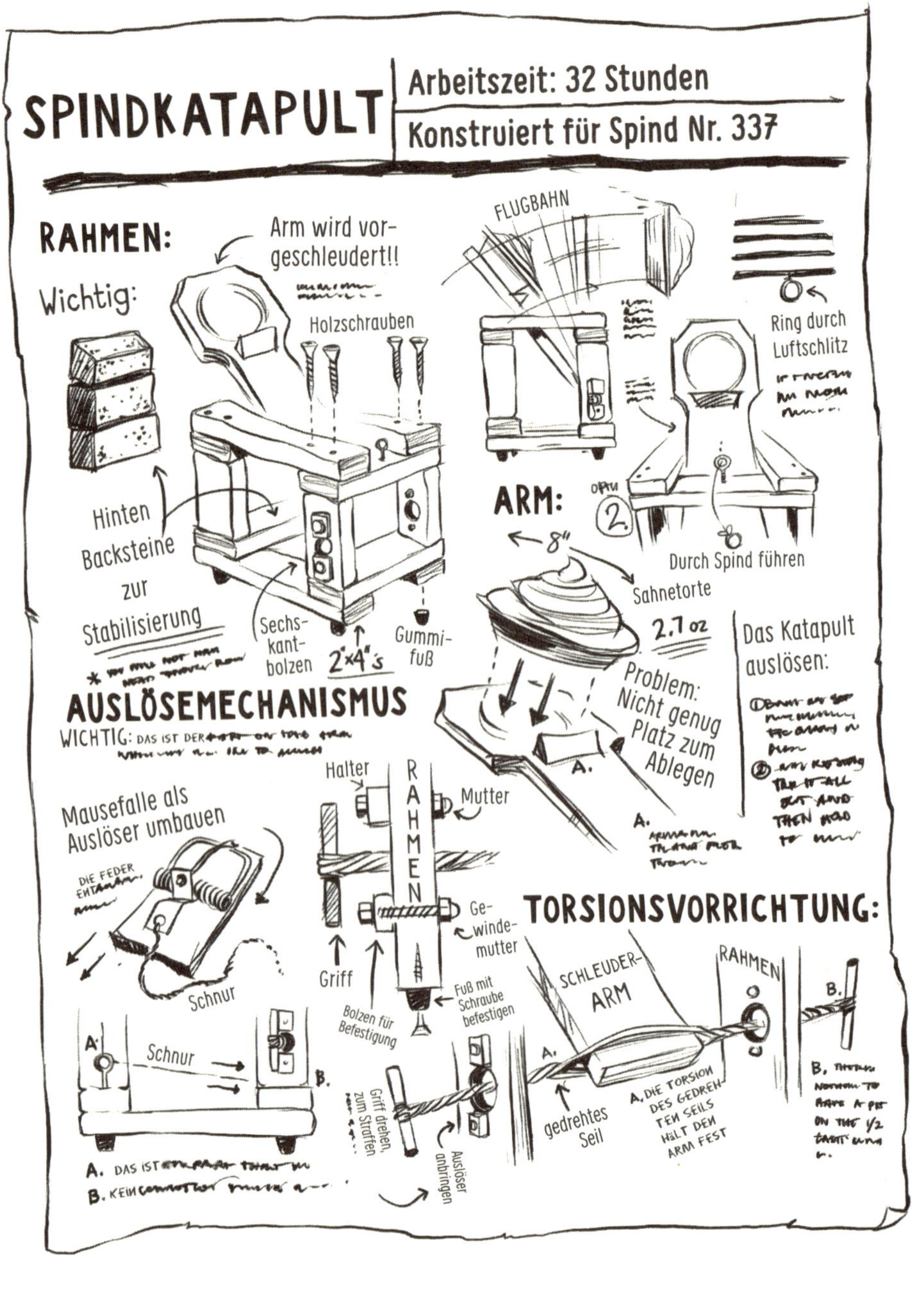

»Was zum … was zum … was?!?« Stuart schälte die Aluminiumform, in der sich die Torte befunden hatte, von seinem Gesicht und wischte sich dann langsam die Schlagsahne ab. »Das ist ja echt irre!«

Miles bückte sich und warf einen Blick in Stuarts Spind. Das Katapult war beeindruckend. Nein, sogar brillant. Der Streich kombinierte klassische Elemente – die Torte im Gesicht – mit einem innovativen Wurfgerät. Nur Niles Sparks konnte sich die Vorrichtung in Spind Nr. 337 ausgedacht haben. Aber es gab ein Problem: Niles Sparks hatte den falschen Spind erwischt.

»Ha, ha!«, sagte Miles. (Er lachte nicht, sondern sagte wörtlich: »Ha, ha!«) »Er hat nicht gemerkt, dass wir getauscht haben.«

Niles war viel zu sehr damit beschäftigt gewesen, zu planen, zu bauen und zu lächeln, und hatte dabei ein wichtiges Detail übersehen. Nun hatte Miles Niles endlich einmal eine Lehre erteilt. Nachdem in der Vergangenheit ein Streich von ihm nach dem anderen durchkreuzt worden war, war er – Miles – nun zum Durchkreuzer geworden! Er hatte Niles aufs Kreuz gelegt, so wie Niles ihn aufs Kreuz gelegt hatte. Na ja, eigentlich hatte er davon profitiert, dass Niles nicht richtig aufgepasst hatte. Es war nicht wirklich ein aktives Durchkreuzen gewesen. Aber was soll's: durchkreuzt war durchkreuzt!

Stuart pflückte eine Maraschino-Kirsche von seiner linken Augenbraue und steckte sie in seinen Mund. »Mmh! Das schmeckt ja echt wie ein Cocktail!«

Miles empfand ein wenig Mitleid mit Stuart, der das unschuldige Opfer in einem Trickser-Krieg geworden war. Aber irgendwie hatte es den Anschein, als ob ihm die Kirsche wirklich schmeckte.

Der Tumult erregte die Aufmerksamkeit der Schülerschaft, und die Aufmerksamkeit der Schüler erregte die Aufmerksamkeit von Barkin.

»Aus dem Weg, macht Platz!«, rief Barkin. Er pflügte durch die Menge und betrachtete die Szene, die sich ihm bot.

Stuart: voller Sahne.

Miles: direkt daneben.

Er: Ermittler auf Spurensuche!

»Stuart«, sagte Barkin, »du hast ja Sahne im Gesicht.«

»Ich weiß!«, sagte Stuart. »Da ist echt eine Tortenwurfmaschine in meinem Spind!«

»Tatsächlich?«, bemerkte Barkin und lief leicht fliederfarben an. Er begutachtete das Innere von Stuarts Spind.

»Also so was, Barry«, sagte der Schulleiter zu sich selbst. »Ein Katapult.«

Er zog ein Paar Latexhandschuhe aus seiner Bauchtasche, die ihm wie üblich auf den Hintern gerutscht war. »Schauen wir uns die Sache mal näher an.«

Miles wusste im Voraus, was Barkin finden würde: nichts. Niles mochte *ein* Fehler unterlaufen sein, aber zwei auf einmal waren äußerst unwahrscheinlich.

»Nichts«, sagte Schulleiter Barkin, nachdem er eine Weile gekramt und herumgefummelt hatte. »Aber die Untersuchung geht weiter!«

Miles übersah geflissentlich, dass Barkin ihn anstarrte.

Barkin starrte ihn weiter an.

Es klingelte.

Schulleiter Barkins lilafarbenes Gesicht zuckte zusammen. »In die Klassenzimmer, ihr alle! Es hat geklingelt, ihr kommt zu spät! Glaubt ja nicht, dass ich zögern würde, allen zweiundsechzig Schülern einen Schulverweis zu geben! Das wäre eine echte Chance auf einen Weltrekord!«

Als sich die Menge auflöste, erhaschte Miles einen Blick auf Niles.

Niles wirkte verloren. Unglücklich. Durchkreuzt.

Und zum ersten Mal seit drei Wochen war Miles derjenige, der lächelte. Er grinste Niles an und ging zu seinem Spind – dem oberen Spind –, um sein Mathebuch zu holen. Vielleicht würde er heute Mittag eine Pizza essen. Ja, Pizza klang gut.

Er öffnete seine Spindtür.

»Guckt mal, die vielen Kirschen!«, rief Stuart. »Ey, Mann, in deinem Spind sieht's aus wie in einer Cocktailfabrik!«

Miles hoffte, dass Barkin ihn nicht immer noch anstarrte.

Doch das tat er.

»Ich war's nicht«, sagte Miles.

»Der dritte Streich!«, sagte Schulleiter Barkin.

Kapitel 26

Schulleiter Barkin saß entspannt zurückgelehnt auf seinem Stuhl. Sein Gesicht war nicht lila, es war nicht einmal rot. Es hatte eine ganze normale Farbe. Miles empfand das als sehr schlechtes Zeichen.

»Ich glaube, ich wurde reingelegt«, sagte Miles.

»Reingelegt«, wiederholte Barkin. »Und wer würde dich wohl reinlegen, Miles Murphy?«

Er konnte die Wahrheit nicht sagen. Er war keine Petze. »'ne Menge Leute.«

»'ne Menge Leute, so so. Miles Murphy, ich bezweifele nicht, dass ›'ne Menge Leute‹ dich nicht mögen. Aber das liegt daran, dass du so viel Blödsinn anstellst. Und jetzt hast du wieder Blödsinn angestellt.«

»Ich war's nicht!«

»Und die Beweise?«

»Ist vielleicht alles Zufall?«

»Ja, aber natürlich! Zufall! Du hast zufällig Schlagsahne und Maraschino-Kirschen in deinem Spind, und zwar zufällig am selben Tag, an dem Stuart eine Torte mit Sahne und Kirschen ins Gesicht geworfen wird. So ein Zufall! Und Stuarts Spind war rein zufällig bis letzten Dienstag *dein* Spind, was bedeutet, dass du die Zahlenkombination kennst. Noch so ein Zufall! Bei all den Zufällen hätte ich eigentlich gesagt: Miles Murphy, kauf dir sofort einen Lottoschein! Aber heute ist leider nicht dein Glückstag.«

Miles sackte zusammen.

»Und ein weiterer Grund, warum ich dir nicht zu einem Lottoschein rate«, fuhr Barkin fort, »ist die Tatsache, dass ein Minderjähriger gar kein Lotterielos kaufen darf. Nicht dass du dich vom Gesetz aufhalten lassen würdest, Miles Murphy! Es ist nämlich einem Jungen in deinem Alter auch verboten, ein Auto zu fahren. Noch dazu mein Auto. Und es ist vermutlich auch gegen das Gesetz, ein Auto auf der Schultreppe abzustellen, was – das muss ich gestehen – mir immer noch Rätsel aufgibt.«

»Ich war's nicht«, sagte Miles.

Barkin kicherte. »Noch nie in meiner gesamten Zeit als Schulleiter hat je ein Auto den Eingang zur Schule blockiert. Noch nie wurde ein Grashüpferschwarm in einem Klassenzimmer freigelassen, noch dazu in einem Klassenzimmer, in dem sich mein eigener Sohn befand, übrigens ein ausgezeichneter Schüler. Noch nie habe ich gesehen, dass man einen Spind mit einem Tortenkatapult präpariert hat. Und weißt du, was ich vor diesem Schuljahr auch noch nie gesehen habe?«

Barkin streckte einen überraschend langen Zeigefinger aus. »*Dich*, Miles Murphy. Ist das etwa auch einer von diesen Zufällen?«

»Ja«, sagte Miles.

»Miles Murphy, unterbrich mich nicht! Das war eine rhetorische Frage. Weißt du überhaupt, was eine rhetorische Frage ist?«

Miles wusste nicht, ob er antworten durfte.

Barkin schaute ihn erwartungsvoll an.

»Ja?«, sagte Miles zögernd.

»Und das war eine Fangfrage!«, sagte Barkin triumphierend. »Du hattest von vornherein verloren, egal ob du geantwortet hättest oder nicht. Eine klassische Barkin-Falle!«

Miles verzog das Gesicht.

Irgendwo in der Ferne muhte eine Kuh.

»Begreifst du denn nicht, Miles Murphy? Du kannst nicht gewinnen! Du hast bereits verloren! Das Spiel war in dem Moment aus, in dem du dich entschlossen hattest, dich mit einem Barkin anzulegen!«

Der Schulleiter schob seinen Stuhl zurück, stellte die Füße auf seinen kastanienbraunen Teppich und sprang auf.

»Die Barkins sind seit fünf Generationen Schulleiter in Yawnee Valley! Im Augenblick bin nicht nur ich es, dessen Autorität du zu spüren bekommst. Du fühlst das gesamte Gewicht der Geschichte auf deinen Schultern. Leg dich mit einem Barkin an und du legst dich mit uns allen an!«

Schulleiter Barkin deutete auf eine Wand voller Porträts in mit Seide bespannten Rahmen.

»Das sind nur vier«, sagte Miles.

»Was?«

»Da hängen nur vier Porträts. Sie sagten doch, es gäbe fünf Generationen von Schulleitern namens Barkin.«

»Ja, nun, also… Das Porträt meines Großvaters wurde abgehängt.«

THADIUS BARKIN
-1868-
ROGER BARKIN
1903
BERTRAND BARKIN
1971
BARRY BARKIN - 1999

Einen Moment lang verlor Schulleiter Barkin seinen Schwung. Opa Jimmy war ein guter Mann gewesen. Er hatte immer Silberdollars hinter den Ohren des kleinen Barry hervorgezaubert. Diesen Trick hatte er jedes Jahr an Thanksgiving vorgeführt. Nur an diesem Tag hatte Barrys Vater Opa Jimmy eingeladen. »Was ist denn das? Hast du dir etwa die Ohren nicht gewaschen?«, hatte Opa Jimmy gefragt. Und dann, als er nach den Ohren seines Enkels griff, blitzte – *Ta-ta!* – eine Silbermünze zwischen seinen Fingern auf. Und das war nicht mal das Beste gewesen. Nach einer zehnminütigen Ermahnung, wie wichtig es war, sich regelmäßig die Ohren zu waschen, wobei sowohl Philosophie der Hygiene als auch die Technik der Reinigung ausgiebig Erwähnung fanden, hatte Opa Jimmy Barry die Münze geschenkt, wenn er versprach, sie auf sein SPARBUCH FÜR KLEINE SPARER einzuzahlen. »Verzinsung!«, hatte Jimmy gesagt. »Das ist die echte Magie!«

Aber Opa Jimmy war weich gewesen. Er hatte während des Schneesturms im Winter 1932 die Schule ausfallen lassen und die ansonsten makellose weiße Weste der Barkins besudelt. Schulleiter Barkin erinnerte sich an den Tag, an dem der frühere Schulleiter Barkin, sein Vater, das Amt übernahm. »Nimm es ab«, waren die ersten Worte gewesen, die Bertrand Barkin als amtierender Schulleiter aussprach. Und Burt, der Hausmeister, hatte das Porträt von James »Jimmy« Barkin von der Wand genommen. Nach der Schule, auf dem Weg zum Wagen seines Vaters, sah Barry das Porträt an der grünen Mülltonne lehnen. Er spielte mit dem Gedanken, es mitzunehmen und zu Hause einzuschmuggeln – seinem Vater den Gehorsam zu verweigern, es in den Kofferraum zu packen, sich da-

mit in sein Zimmer zu schleichen und es in seinem Wandschrank hinter den Jacketts zu verstecken.

Aber er hatte es nicht getan.

Vielleicht hätte er es tun sollen.

Nein! Gewiss hatte Barry Barkin an diesem Tag die richtige Entscheidung getroffen! Es war gut gewesen, dass Bertrand Barkin das Porträt hatte entfernen lassen! Denn die Autorität eines Schulleiters musste unantastbar sein! Es gab keinen Platz für Schwäche!

Schulleiter Barkin widmete sich wieder der Aufgabe vor seinen Augen. »Nachsitzen. Nach der Schule. Und vor der Schule. Solange du auf diese Schule gehst.«

Miles rutschte vom Stuhl.

Kapitel 27

Miles hatte noch nie davon gehört, dass man vor der Schule nachsitzen muss. Im Grund genommen durfte man so was gar nicht Nachsitzen nennen. Man musste doch den Unterricht schon hinter sich haben, um nachsitzen zu können. Wie sollte man so was nennen? Vorsitzen? Einsitzen wäre wohl passender.

Was sollte er denn bloß seiner Mutter sagen?

Er ging aufs Jungenklo. Dort saß Niles Sparks auf einem Waschbecken.

Miles war zu müde, um überrascht zu sein. »Woher wusstest du, dass ich hierher kommen würde?«

»Wenn ich so viel Nachsitzen bekäme, würde ich als Erstes hierhergehen«, sagte Niles.

Miles ging zum Waschbecken daneben und drehte den Kaltwasserhahn auf. (Einen Warmwasserhahn gab es nicht.) Er schaute in den Spiegel. Er sah nicht gut aus. Er brauchte Schlaf. Und jetzt

musste er noch früher aufstehen, damit er pünktlich zu seinem Vor-Nachsitzen kommen würde.

»Hör zu, Niles«, sagte er. »Ich ergebe mich.«

»Tut mir leid«, sagte Niles, »aber das akzeptiere ich nicht.«

»Niles, ich kann nicht mehr. Ich werde keine Zeit mehr haben, um mir Streiche auszudenken. Du hast gewonnen. Bitte. Machen wir Schluss mit dem Trickser-Krieg.«

Niles grinste. »Och, den Krieg können wir gern beenden.«

»Aber du hast doch gerade …«

»Ich akzeptiere deine Kapitulation nicht.« Niles streckte die Hand aus. »Waffenstillstand!«

»Aber …«

»Ach, komm schon«, sagte Niles. »Schlag ein. Na gut, ich liege momentan vorn, aber irgendwann hättest du mich gekriegt.«

Miles war sich dessen nicht so sicher.

»Ganz bestimmt!«, sagte Niles. »Ich hab's dir schon mal gesagt: Du hast echtes Talent. Und du bist wieselflink. Der Speck für Trainer O. am ›Den-Lehrern-sei-Dank-Tag‹? Brillant. Die Ausrede mit den biblischen Plagen? Da wäre ich nie drauf gekommen.« Er zuckte mit den Schultern. »Ich bin gut, wenn es um langfristige Planung geht.«

»Echt?«

»Echt! Ich habe diesen Krieg nie gewollt! Trickser wie wir sollten sich nicht gegenseitig auf die Budapester treten.«

Miles spritzte sich Wasser ins Gesicht.

»Eine Menge Möchtegern-Trickser würden eine Kirschbombe in die Toilette werfen und den Rest des Schuljahrs damit herumprahlen. Aber wir haben größere Ziele. Wir sind Visionäre.«

Miles hatte sich tatsächlich immer für einen Visionär gehalten.

»Miles, wir brauchen einander.«

»Wir brauchen einander? Ich dachte, du meintest, dass *ich dich* brauche, weil du mir so viel beibringen kannst.«

»Das kann ich auch«, sagte Niles.

Miles verdrehte die Augen.

»Hör zu, ich kann dir was beibringen, und du kannst mir was beibringen. Gemeinsam sind wir stark. Wir ergänzen einander, blablabla. Toll. Wen kümmert's? Das ist nicht der Grund, warum wir einander brauchen.«

Das Wasser lief immer noch aus dem Hahn.

»Ich brauche einen Freund«, sagte Niles ganz sachlich. »Und du auch. Streichespielen macht zu zweit viel mehr Spaß.« Niles streckte die Hand aus. »Waffenstillstand?«

Wenn Miles die Hand nahm, war's das. Dann wären sie nicht nur Schulkameraden, dann wären sie echte Kumpel. Mit kritischem Blick beäugte Miles den Jungen, der vor ihm auf dem Waschbecken hockte. So jemanden wie ihn hatte er noch nie kennengelernt: Papis Liebling mit einer Schärpe und einem Superhirn für Streiche. Ein Visionär. Ein komischer Kauz. Wollte Miles Murphy jemanden wie Niles Sparks tatsächlich zum Freund haben?

»Waffenstillstand.«

Sie schüttelten einander die Hände.

Niles hopste vom Waschbecken. »Super. Und jetzt kläre ich die Sache mit dem Nachsitzen.«

»Wie das denn?«

»Oh, ich bin mir sicher, dass es gegen Kapitel dreizehn, Absatz zwei der Disziplinarvorschrift verstößt, jemanden zu bestrafen, wenn es nur Indizienbeweise gibt.«

»Hä?«

»Du weißt schon, Sachen, die zwar darauf hindeuten, dass du ein Verbrechen begangen hast, es aber nicht eindeutig belegen. Ich werde Barkin sagen, dass wir dich an der langen Leine halten und versuchen sollten, dich auf frischer Tat zu ertappen. Damit er dich nicht nachsitzen lassen muss, sondern dich gleich von der Schule werfen kann. Das würde ihm gefallen.«

Miles drehte den Wasserhahn zu. »Okay … Und dann sollte ich wohl eine Weile untertauchen, was?«

»Im Gegenteil«, sagte Niles, der schon auf dem Weg zur Tür war. »Du und ich werden den größten Streich aushecken, den Yawnee Valley je gesehen hat.«

TATSACHE 921

Jeder Mensch isst im Durchschnitt etwa 22 Liter Eiscreme im Jahr. Und wem haben wir all diese Eiscreme zu verdanken? Den Kühen! Habt ihr euch heute schon bei einer Kuh bedankt?

TATSACHE 922

Die Flecken einer Kuh sind so individuell wie die Fingerabdrücke eines Menschen.
Das ist gut zu wissen, für den Fall, dass eine Kuh einmal eine Bank ausraubt.

TATSACHE 923

Kühe rauben keine Bank aus.

Kapitel 28

Am nächsten Morgen hockte ein Gummihuhn in Miles' Spind.

Um halb vier klingelte Miles an der Tür des großen blauen Hauses in der Buttercream Lane Nr. 47.

Ein schärpenloser Niles öffnete. »Du hast es rausgekriegt.«

Miles hob das Huhn in die Höhe. »Den Telefontastencode habe ich schon im Kindergarten gelernt.«

»Du musstest das Huhn nicht mitbringen.«

»Ach ja, hab ich vergessen.«

»Komm rein.«

Das Haus der Sparks war sauber, ordentlich und still. Alle Zimmer, durch die Niles Miles führte, waren mit weißem Teppichboden ausgelegt. In den Zimmern standen beigefarbene Sofas, große Flachbildfernseher, Barhocker, die sich drehen ließen. Man sah viel helles Holz und weißes Leder. »Das ist das Fernsehzimmer. Dort ist ein Duschbad. Hier ist die Küche.«

»Sind deine Eltern zu Hause?«, fragte Miles.

»Ja. Dad ist in seinem Büro und Mom in ihrem.« Er deutete in entgegengesetzte Richtungen. »Sie arbeiten von zu Hause aus. Möchtest du was trinken? Wir haben jede Menge Auswahl. Eine Cola? Normal oder Diät? Ich habe auch Limonaden, die echt gut sind. Andererseits trinkst du vielleicht gar keine Limonade, deshalb habe ich ein paar Säfte besorgt. Und ich könnte dir eine Eistee-Limo machen, die zur Hälfte aus Limonade und zur Hälfte aus Eistee besteht, wenn du Eistee trinkst …«

»Ich nehme einfach ein Glas Wasser«, sagte Miles.

»Leitungswasser oder Mineralwasser?«

»Leitungswasser bitte.«

Niles sah bitter enttäuscht aus.

»Aber wenn ich es mir recht überlege, klingt Mineralwasser prima.«

»Super!«

Miles und Niles setzten sich auf die Arbeitsplatte in der Küche und tranken Wasser mit Kohlensäure.

»Also«, sagte Niles. »Ich hatte noch nie Besuch von einem Freund. Läuft das hier richtig ab?«

»Klar«, sagte Miles.

»Hast du Spaß? Ich dachte irgendwie, dass wir zusammen abhängen sollten, aber ich weiß nicht, ob das Spaß macht.«

»Es macht Spaß.«

Niles nippte an seinem Wasser. »Nein, macht es nicht. Komm mit. Ich zeig dir was Cooles.«

Niles' Zimmer sah aus, als gehöre es zu einem anderen Haus.

Statt eines Teppichs bedeckten dunkle und glänzende Kirschholzdielen den Boden. Darauf lag ein dunkelroter Läufer mit goldenem Muster. Es gab einen Schreibtisch, ein Bett und einen mächtigen Ohrensessel, der sehr alt aussah. Zwei große Lautsprecher waren an eine komplizierte Hifi-Anlage angeschlossen. In einer Ecke thronte der größte Globus, den Miles je gesehen hatte. Der Rest bestand aus Büchern – Bücher, die sich an den Wänden entlang bis hoch zur Decke stapelten. Wenn es in dieser Büchersammlung eine Ordnung gab, so war Miles außerstande, sie zu erkennen. In einer Büchersäule steckten ein Atlas, drei Romane von Louise Fitzhugh, *Akzente und Dialekte für Bühne und Film*, ein Witze-Buch, zwei Ausgaben von *Esio Trot* und Sachbücher über Kakteen, die Hethiter und Vollblutrennpferde.

»Das ist irre«, sagte Miles.

»Das ist noch nicht der coole Teil.«

Niles zog eine Tür neben seinem Schreibtisch auf.

»Nach dir.«

»Was ist das?«, fragte Miles.

MED
MEDITATIONEN
MORSEN
K O R S
A-C
D-F
G
H
I
J
NATUR
BIENEN
MÄUSE

»Eigentlich ein begehbarer Kleiderschrank, aber so was brauche ich nicht.«

»Was ist es dann?«

»Wirst du schon sehen.«

Miles' Kopfhaut kribbelte. Würde er in eine Falle tappen? Moment mal. War das vielleicht alles eine Falle? Wenn er da hineinging, würde vielleicht ein Eimer mit Glitter über ihm ausgegossen. Oder Niles verschloss die Tür und Hunderte von Taranteln würden sich auf ihn stürzen.

Miles ging hinein.

Niles schloss die Tür hinter ihnen beiden und alles war dunkel. Er zog an einer Kette, die von der Decke hing, und eine Glühbirne leuchtete auf. Alle vier Wände und die Decke waren schwarz angemalt und dienten als Tafel. Miles war eingehüllt von Worten, Diagrammen und Karten, alles mit Kreide in Niles' ordentlicher Handschrift geschrieben. Einiges davon war codiert. Das meiste konnte Miles lesen, aber es gab auch ein paar Zeilen, die aussahen wie Französisch. Direkt hinter Niles' Kopf war ein Feld, auf dem »Operation: Zahnseide auf Wasser« stand. In einer Ecke, hinter einer Getränkekiste voller dunkler Socken, stand: »Ein Streich, der sich nur im Kopf des Opfers abspielt.« Miles musste sich gegen die Wand lehnen, wobei er aufpasste, nichts zu verschmieren. Er befand sich mitten in einem dreidimensionalen Notizbuch.

»Willkommen im Labor.« Niles drehte zwei weitere Getränkekisten um und setzte sich auf die gelbe. Miles nahm die blaue.

»Und nun«, sagte Niles, »bist du bereit, den Trickser-Schwur abzulegen?«

OPERATION:
ÜBER DEN BUG
SCHIESSEN
YV
WM
*WICHTIG!!!
SIE MÜSSEN DEN
ERSTEN SCHRITT TUN!!
LARAMIE
REINIGUNG:
HEUTE
où est le
magasin de
bonbons le
plus proche?
a
a
A
INTERVIEW
MIT DEN
FÜNF
SEK
OPERATION
SCHWEBENDES
SCHWEIN
STAATS-
BLUMEN
YUCCA
WEIßDORN
VEILCHEN
ORANGENBLÜTE
MAIBLUME
OPERATION:
SPRINGBOHNE
HERBERT ORCHARD
TAUBEN-
BAD
AUSHÖHLEN
OPERATION
BASKETBALL
ZU SPÄT
ZU FRÜH
KURZSCHLUSS
(leicht gemacht)
DROMEDAR
AMEL

»Moment mal, gibt es den denn wirklich?«

Niles zog einen gelben Zettel aus einem Schnürschuh, der am Boden lag. »Aber sicher. Niemand weiß, wer ihn verfasst hat oder wann. Aber er stammt vom Internationalen Orden für Unordnung, einer losen Verbindung von Tricksern, die vor ein paar Jahrhunderten gegründet wurde. Hebe deine linke Hand.«

»Nicht meine rechte?«

»Die ist für normale Schwüre. Weißt du, was ›rechts‹ auf Französisch heißt? *Droit* – und das bedeutet auch ›das Recht‹. Aber hier geht es um den Trickser-Schwur. Wir stehen außerhalb der Regeln. Das lateinische Wort für links ist *sinistra,* was auf Französisch so viel wie ›Katastrophe‹ bedeutet. Und genau das machen wir: Wir stiften Chaos.«

Miles hob die linke Hand.

»Sprich mir nach:

Bei meiner Ehre schwöre ich,
nach besten Kräften Unfug zu treiben,
durcheinanderzuwirbeln, aber nichts zu zerstören,
bloßzustellen und Spaß zu machen,
mit Streichen, Unsinn, Schwindel, Tricks,
und zu beweisen, dass die Welt verkehrt herum besser aussieht.
Denn ich bin ein Trickser.
So sei es.«

»So sei es«, sagte Miles.

»Perfekt«, sagte Niles. »Hiermit erkläre ich uns zu den einzigen Mitgliedern der Yawnee Valley-Abteilung des Internationalen Ordens für Unordnung und verleihe uns den Namen ›Die Schrecklichen Zwei‹.«

»Toll«, sagte Miles.

»Hmm«, sagte Niles. »Irgendwie brauchen wir noch einen besonderen Handschlag oder so etwas.«

Sie setzten sich wieder auf ihre Kisten und dachten nach. »Ich hab's«, sagte Miles. »Streck deinen Zeige- und deinen Mittelfinger hoch.«

Niles tat das. Miles ahmte seine Geste nach und berührte mit seinen Fingerspitzen die von Niles.

»Gib mir fünf«, sagte Miles.

»Aber das sind doch bloß zwei«, sagte Niles.

»Das ist die römische Ziffer fünf«, sagte Miles.

Miles grinste.

Niles lachte.

Damit war es offiziell. Die Schrecklichen Zwei waren bereit für ihren ersten Streich.

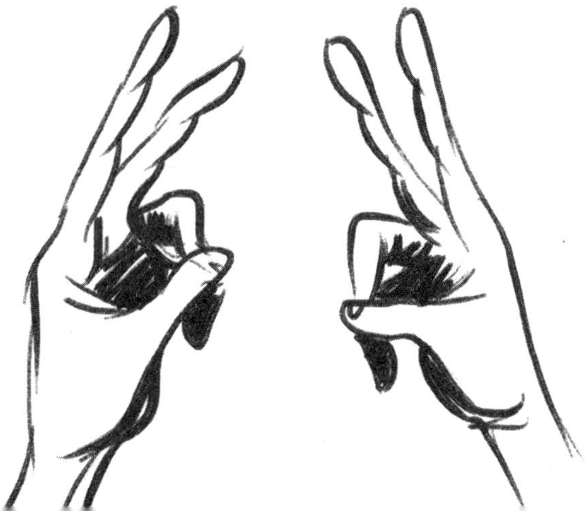

Kapitel 29

Niles stand auf. »Welcher Tag ist der beste Feiertag überhaupt?«

Miles war klar, dass es sich um eine rhetorische Frage handelte.

Niles fuhr fort: »Der 1. April.«

Ohne Frage. Miles nickte.

»Am 1. April 1698«, sagte Niles, »wurde in England das ganze Volk eingeladen, sich auf dem großen Platz vor dem Tower von London zu versammeln, um zuzuschauen, wie die Löwen gewaschen werden. Eine riesige Menge kam zusammen und erwartete eine großartige Show. Nur dass es im Tower gar keine Löwen gab. Außerdem wäscht man Löwen nicht.«

»Da waren keine Löwen, nur ein Haufen Böcke.«

Niles lächelte. »Ja, genau! Ein Haufen Böcke, die auf einem schlammigen Feld standen. Das war der erste Aprilscherz. Und seitdem ist der 1. April der Tag für Streiche und Schabernack. Es gibt nur ein Problem damit.«

»Und das wäre?«

»Es ist gar kein Feiertag. Wir haben nicht schulfrei.«

Niles wischte einen Teil einer Wand mit dem Ärmel sauber. »Also. Was für ein Streich wäre so gewaltig, dass die Schule ausfallen müsste?«

BEACH

Zwei Stunden später saß Miles in dem alten Ohrensessel und Niles wanderte im Zimmer auf und ab. Auf dem Boden stand eine leere Schüssel und ringsum lagen Chipskrümel und zerdrückte Coladosen. An der Wand des Labors war ein Bereich rot eingerahmt. Dort standen die Ideen für Streiche.

Aber keine davon war gut.

Wenigstens nicht gut genug.

»Als die Schule das letzte Mal geschlossen wurde, fegte ein Schneesturm übers Land, richtig?«, sagte Miles. »Vielleicht ist das eine blöde Frage, aber gibt es irgendeine Möglichkeit, wie wir das Wetter beeinflussen können?«

Niles dachte eine Weile nach. »Nein«, sagte er. »Ich habe gehört, dass sie in China Maschinen dafür haben, aber ich wüsste nicht, wie wir eine davon in die Finger kriegen könnten.«

»Was, wenn wir alle Eingänge zur Schule blockieren, wie du es mit dem Haupteingang gemacht hast?«

»Hmmm«, sagte Niles.

»Und übrigens: Wie hast du Barkins Wagen da hochgekriegt?«

»Konzentrieren wir uns doch auf unsere Aufgabe, ja?«

»Okay, also verbarrikadieren wir die Eingänge mit Monstertrucks.«

»Zu schwierig zu beschaffen«, sagte Niles. »Außerdem könnte man einfach unter ihnen hindurchgehen. Wir könnten die Türen zumauern, aber das richtet zu viel Schaden an.«

»Die Sache mit den Grashüpfern war nicht schlecht. Klar, tausend Grashüpfer würden nichts nützen, aber wie wäre es mit einer Million?«

»Das würde über zehntausend Dollar kosten. Außerdem würden wir uns wiederholen. Wir müssen in einem größeren Maßstab denken.«

»Größer als eine Million?«

»Größer als Grashüpfer!«

»Kühe«, sagte Miles.

»Wie bitte?«

»Kühe.«

»Aber …«

»Kühe können eine Treppe raufgehen, aber nicht wieder runter.«

Niles blieb stehen. »Woher weißt du das?«

Miles zog den Reißverschluss seines Rucksacks auf und holte eine zerfledderte Broschüre heraus.

Niles warf Miles ein Stück Kreide zu. »Fangen wir an.«

Zwei Wochen, sechs Cornflakespackungen, vier Chipstüten (eine mit Paprikageschmack, die anderen Sour Cream & Onions) und ein Glas mit roter Lakritze später war eine ganze Wand im Labor frisch bemalt.

Es würde ein Knaller werden.

Kapitel 30

Der 1. April war ein Montag. Es dauerte noch zweiundfünfzig Tage bis dahin. Nachmittags gingen Miles und Niles meistens in die Bibliothek oder forschten in ihrem Labor. In der Mittagspause saßen sie zusammen und planten, wobei natürlich keiner merken durfte, dass sie etwas planten.

»Niles und du, ihr scheint ziemlich gute Freunde geworden zu sein«, bemerkte Holly eines Tages und hob eine Augenbraue.

»Ja«, sagte Miles, denn es gab keine bessere Tarnung als die Wahrheit.

Holly hob ihre zweite Augenbraue.

Als der Schnee schmolz, brachten sie Werkzeuge in den Wald neben dem See. Gemeinsam suchten sie den perfekten Baum aus – eine alte Platane mit einem dicken, fleckigen Stamm und starken weißen Zweigen, die in kahlen, spindeldürren Ästchen mündeten. Miles' Mutter war so begeistert, als sie von seinem Plan hörte, mit einem Freund ein Baumhaus zu bauen, dass sie ihm Geld für Material gab. Niles' Eltern, die Miles ein paarmal gesehen hatten, finanzierten den Rest. Niles hatte das Clubhaus als Ingenieursprojekt ausgegeben.

Sie hämmerten und sägten, und es dauerte nicht lange, da hatten sie eine Plattform und das Dach gebaut.

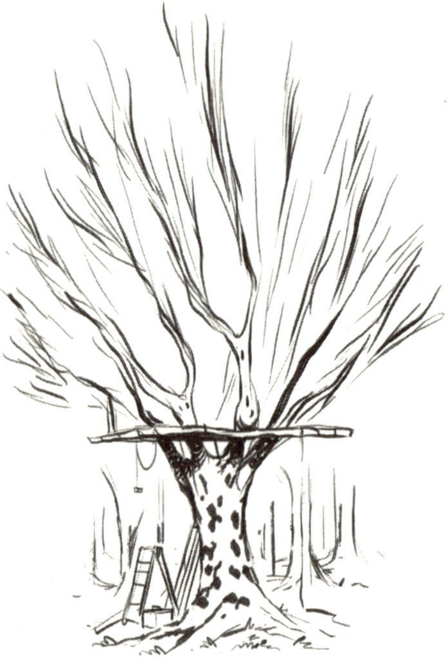

17. FEBRUAR

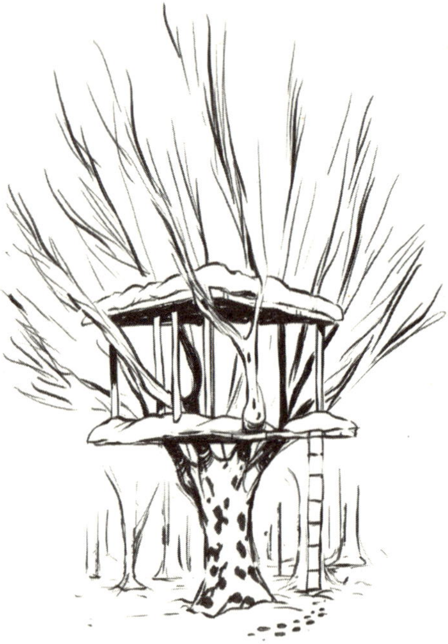

24. FEBRUAR

1. MÄRZ

31. MÄRZ

Obwohl es noch kalt war, nahmen sie ihre Bücher mit in den Baum und lasen im grauen Licht des Winters. Dann wurde es wärmer und man konnte im Freien schlafen. Sie holten Niles' rotes Zelt und stellten es auf die Plattform. Miles war dafür zuständig, das Zelt auf- und abzubauen. Niles kümmerte sich um die Marshmallows. Im März wuchsen grüne Blätter an ihrem Baum und das Clubhaus bekam Wände und Fenster.

»Es ist fantastisch«, sagte Niles, als das Baumhaus fertig war.

Miles schrieb »Geheimes Hauptquartier« über den Eingang und sie schnitzten ihre Initialen neben das Fenster. Ihre letzten Vorbereitungen für den geplanten Aprilscherz machten sie knapp sechs Meter über der Erde, und dann war es Zeit, das Vorhaben in die Tat umzusetzen.

Kapitel 31

Der Streich begann offiziell am 23. März, als Miles Murphy einen Brief in den Briefkasten an seiner Straßenecke warf, aber die echte Action passierte erst in der Nacht auf den 1. April, genauer gesagt um Mitternacht. Miles schaute zu, wie die roten Zahlen auf seinem Wecker von 23.59 auf 00.00 sprangen. Eine sanfte Melodie setzte ein, um ihn zu wecken, aber Miles war bereits hellwach. Er hatte überhaupt nicht geschlafen.

Vor etwa zwei Stunden hatte er den Versuch aufgegeben, ein Buch zu lesen. Er konnte sich einfach nicht konzentrieren. Seitdem hatte er seinen Wecker angestarrt, war den Plan wieder und wieder durchgegangen und hatte auf das leise Klicken gewartet, mit dem sein Wecker die Weckmusik ankündigte. Miles nahm seinen Rucksack. Er hatte gehofft, dass er zu müde sein würde, um aufgeregt zu sein. Aber er war aufgeregt. Und müde.

»April, April«, sagte er. Es war Zeit, aufzubrechen.

Miles hätte zu gerne aus seinem Bettzeug ein Seil geknüpft und wäre aus dem Fenster geklettert, aber seine Mutter hatte einen festen Schlaf. Es war also vernünftiger, einfach die Treppe hinunterzuschleichen und durch die Haustür zu gehen. Draußen funkelten die Sterne und die kalte Nachtluft brannte in seinen Lungen. Das einzige Geräusch war das leichte Summen einer defekten Straßenlaterne. Miles Murphy wurde klar, dass er noch nie so spät allein unterwegs gewesen war. Es war berauschend. Er zog die Kapuze seines Sweatshirts über den Kopf und machte sich auf den Weg.

Als Miles die Scheinwerfer sah, erstarrte er. Blitzschnell bückte er sich und tat so, als würde er seine Schnürsenkel zubinden. Ganz normal benehmen. Er war darauf vorbereitet, dass der Wagen langsamer werden und anhalten würde, dass der Fahrer ihn fragen würde, was er – ein Kind – um diese Zeit draußen zu suchen hatte. Aber der Wagen fuhr an ihm vorbei. Danach begegneten Miles keine Hindernisse mehr.

In der Spring Street krabbelte ein Waschbär aus einem Fallrohr und starrte ihn an, als ob er genau wüsste, was Miles plante – und

als ob er nichts dagegen hätte. Sie waren zwei Verschwörer, Miles und dieser Waschbär. Maskierte Banditen, Geschöpfe der Nacht! Miles salutierte dem Tier und rannte dann weiter. Der Waschbär kletterte wieder das Fallrohr hinauf.

Schon bald gab es keine Straßenlaternen mehr, nur noch Dunkelheit. Aber Miles wusste, wohin er gehen musste. Die asphaltierte Straße ging in einen Feldweg über und dann war da gar kein Weg mehr. Miles kletterte über einen Zaun. Hier wuchs das Gras höher und der Tau durchweichte seine Jeans bis zur Hälfte seiner Waden. Als er zu der Weide kam, an deren Rand die Baumlinie begann, fühlte er sich sicher genug, die Taschenlampe einzuschalten, nur für eine Sekunde. Er hielt den Atem an und schaltete die Lampe wieder aus. Er musste jetzt ganz langsam machen und

vorsichtig über Wurzeln und durch Vertiefungen gehen. Er hatte es fast geschafft.

Am vereinbarten Treffpunkt angekommen, drückte er auf einen Knopf an seiner Armbanduhr und das Zifferblatt leuchtete auf. Er war elf Minuten zu früh. Er lehnte sich gegen einen Ahornbaum und wartete.

Um Punkt 1:00 Uhr ertönte ein rhythmisches Knarren. Es wurde lauter und hielt schließlich ganz in der Nähe an. Miles ließ seine Taschenlampe dreimal aufblitzen. Drei Lichtblitze antworteten ihm. Niles kam auf einem Fahrrad auf ihn zu, an dem Miles' alter Handwagen hing. Auf dem Wagen lag ein kleiner Heuballen.

»Das Ding kommt mir heute Nacht viel schwerer vor als sonst«, sagte Niles. Er stieg vom Fahrrad. Er trug schwarze Jeans, ein schwarzes Sweatshirt und einen großen schwarzen Cowboyhut.

»Was soll denn der Hut?«, fragte Miles.

»Schien mir passend.«

Ein Teil von Miles wollte sich über den Hut lustig machen. Der andere Teil wollte genauso einen Hut haben.

»Los geht's«, sagte er.

Kapitel 32

Niles rieb sich die Hände. Er blies sich in die Fäuste. Er war nervös. Miles hatte Niles noch nie nervös erlebt.

Niles hob die Hände an den Mund. Seine Stimme klang erschreckend laut in der schwarzen Nacht. »Heja, Bessi! Hejjjjjja, Bessi! Hepp-hepp!«

Nichts passierte.

Das war nicht gut.

»Äh, keine Sorge«, sagte Niles. »Die Bauern benutzen unterschiedliche Rufe.«

»Okay«, sagte Miles.

Wieder fing Niles an zu rufen: »Auf-auf, Heidi! Heiiiiiidi, auf-auf! Jeppa!«

Stille.

Niles zuckte dümmlich mit den Schultern.

Miles kaute auf seinem Daumen. Für diesen Teil war er nicht zuständig gewesen. Leider, wie sich jetzt herausstellte.

»Ich hab noch mehr.« Niles räusperte sich. »Komm, Susi, komm-komm! Komm, Susi!«

Irgendwo in der Nähe muhte eine Kuh.

Dann eine zweite.

Und eine dritte.

Plötzlich war die Nacht von Muhen erfüllt. Das Muhen war ganz nah und kam immer näher.

»Komm, Susi!«, rief Niles.

»Muh«, muhten die Kühe.

»Ha, ha!«, sagte Miles, aber diesmal sagte er es nicht mit Worten. Diesmal lachte er.

Ein großer kuhförmiger Schatten trottete über den Hügel. Der Schatten muhte und klingelte.

»Heja, Susi!«, sagte Niles. »Sie hat eine Glocke um den Hals – das ist die Leitkuh.«

Jetzt kamen die Kühe von allen Seiten, über die Rinnen und aus dem Wäldchen. Die Weide füllte sich mit Bob Barkins Milchkühen, die sich vielleicht wunderten, warum sie an diesem Morgen so früh zum Melken gerufen wurden. Vielleicht aber auch nicht. Es waren ja schließlich Kühe.

Susi war jetzt schon ganz nah und weitere Kühe trotteten hinter ihr her.

Niles klatschte in die Hände. »Okay, gehen wir!« Er stieg auf sein Fahrrad. »Komm, Susi!«, rief er. Er griff nach hinten und streute eine Handvoll Heu in die Richtung der sich nähernden Herde. Susi schaufelte das Heu von der Straße, ohne anzuhalten. Sie ging stetig weiter auf Niles zu. Niles Sparks stieg in die Pedale und fing an zu treten. Susi folgte dem Heu und die Kühe folgten Susi.

Jetzt war Miles an der Reihe.

Kapitel 33

Fast zwei Monate lang hatte Miles Murphy alles über Kühe gelesen, was er in die Finger bekommen konnte. Sein Lieblingszitat stammte aus dem Buch *Kuhtreiben mit Würde* von J. M. Iverson:

»Jedes Lebewesen ist entweder Jäger oder Beute. Eine Kuh ist ein Beutetier. Kühe halten sich für Gejagte und reagieren wie Gejagte. Wenn man Kühe in Bewegung setzen will, muss man sich selbst wie ein Jäger bewegen.«

Miles beäugte die Herde. Die Tiere, Kühe und Kälber, hatten sich zu einem Haufen zusammengetan und folgten Niles' Fahrrad, das über die Weide rollte. Aber ein paar Kühe trotteten in die falsche Richtung. Andere standen bloß da. Etliche fingen an zu grasen.

Miles duckte sich. *Ich bin ein Kojote,* dachte er. Er sprang vor.

Mit angespannten Muskeln und eleganten Bewegungen huschte Miles durch das Gras. Als er sich dem hinteren Ende der Herde näherte, hoben die Abweichler die Köpfe. Sie stellten die Ohren auf. Sie muhten. Sie wandten sich zu Miles um und starrten ihn an. Und dann setzten sie sich in Bewegung.

Miles ging auf die Kühe zu. Die Kühe gingen weg.

Und dann trottete der ganze Haufen los und folgte Niles auf dem Fahrrad einen Hang hinunter, während Miles die Nachhut bildete. Miles lief an den Rändern der Herde im Zickzack hin und her. Von einer Seite zur anderen, wie ein Raubtier. Die Kühe wurden unruhig. Sie zuckten und schnaubten, sie furzten und warfen ihre Schwänze von rechts nach links. Miles fühlte ihren Widerstand und sauste weiter von einer Seite zur anderen, drängte sie vorwärts. *Ich bin ein Kojote. Ich bin ein Kojote.*

Als sie einen lang gezogenen Hügel hinaufgingen, brach eine Kuh aus und entfernte sich von der Herde. Miles wäre ihr am liebsten nachgejagt, aber er unterdrückte sein Verlangen und ließ sie gehen. Zehn Sekunden später drehte sie nervös den Kopf herum und gesellte sich wieder zu ihren Artgenossen. Es war genauso, wie Iverson in Kapitel 1, erster Absatz, gesagt hatte: *Kühe bleiben am liebsten zusammen.*

Nach einer Viertelmeile hatte sich die Herde zu einer langen Reihe ausgedünnt. Immer zwei oder drei Kühe marschierten nebeneinander. Und jetzt muhten sie aus voller Brust. Die erwach-

senen Tiere gingen vorn, die Kälber, zappelig und ungelenk, staksten hinterher. Ganz hinten schlurfte die älteste Kuh, ein griesgrämiges, träges Vieh. Und dahinter kam Miles, der Kojote, im Zickzack.

Miles rechnete flink nach. Sie trieben eine Herde von über hundert Tieren voran. Voran, voran, in die Nacht. Er strotzte vor Energie.

»Tor!«, schrie Niles von seinem Fahrrad aus. »Tor!«

Miles ließ sich zurückfallen. Dann sprintete er in einem weiten Bogen links um die Herde herum, an Kühen und Kälbern, an Niles und an dem Heu vorbei. Er rannte, während ihm sein Atem in kleinen weißen Wölkchen vor dem Mund stand, und machte erst vor dem großen Metallzaun Halt. Der Riegel war eisig unter seinen Händen und Miles warf sich mit seinem ganzen Körper gegen das Tor. Das Tor knallte mit der Außenseite gegen den Zaun. Susis Glocke

klingelte. Niles' Fahrrad quietschte. Miles suchte sich eine Stelle, wo er hinüberklettern konnte, und ließ sich auf der anderen Seite zu Boden fallen. Dann rannte er so schnell er konnte zurück.

Niles näherte sich bereits dem Tor, die Kühe dicht hinter ihm. Miles musste wieder bis ganz nach hinten ans Ende der Herde. Er nahm seine Position gerade noch rechtzeitig ein, als Niles durch das Tor fuhr und etwas Heu über die Schulter nach hinten warf. »Komm, Susi! Komm-komm!«

Susi ging hindurch, dann zwei weitere Kühe, dann immer mehr. Miles drängte sie von hinten voran, trieb mit Konzentration und Willenskraft die Herde weiter. Er war unnachgiebig, achtete auf nichts weiter als auf die Bewegung der Kühe. Er atmete ihre Wärme ein. Ihr Geruch, intensiv und süß, kitzelte ihn in der Nase.

Dann waren alle Kühe durch das Tor und Miles kam hinterher. Er blieb kurz stehen und holte tief Luft. Vor ihm radelte sein Freund im Licht eines aufgehenden Mondes, und hier stand er, tief atmend. Und zwischen ihnen war eine Herde von über hundert Kühen. Es war nach Mitternacht, und keiner von ihnen war, wo er sein sollte, weder Miles, noch Niles, noch die Kühe. Und alles war vollkommen. Miles ging in die Hocke und vergrub seine Finger in der feuchten Erde. Unter seinen Fingern zappelten Käfer, krochen Würmer, strebte das Gras dem Himmel entgegen. Miles fühlte das alles in seinen Fingerspitzen.

Niles fuhr weiter, und die Kühe folgten ihm, weg vom Tor, weg vom Zaun, weg von Bob Barkins Hof.

Niles stieß eine Faust in die Höhe. Miles heulte wie ein Kojote den Mond an.

Kapitel 34

Eine hundertfünfzig Meter lange Schlange aus zu zweit nebeneinanderhergehenden Kühen zog sich durch den Chapman Drive, eine der ruhigsten Straßen im schlafenden Yawnee Valley. Miles und Niles hatten ihre Route sorgfältig ausgetüftelt. Es war 3:13 Uhr am frühen Morgen und keine Menschenseele war zu sehen.

Niles betätigte zweimal seine Fahrradklingel. Die Kreuzung.

Miles sprintete los, hetzte über Rasenflächen, sprang über Hecken und zertrampelte vermutlich die eine oder andere Frühlingsblume. Er kam lange vor Niles an der Straßenecke an. Niles fuhr mit dem Fahrrad langsam von einer Straßenseite zur anderen, um die Kühe abzubremsen und Miles mehr Zeit zu verschaffen. Miles warf den Rucksack zu Boden und zerrte Niles' Zelt heraus. Es war eins von der Sorte, das man nur aus der Verpackung holen musste, und schon klappte es von selbst auf. Er warf das Zelt in die Luft, und das Zelt surrte leicht, während es sich auffaltete. Es sprang vom Boden ab, als es aufprallte. Miles blockierte mit dem Zelt den Trellis Drive in einer Richtung. Das wenigstens war der Plan. Das Zelt sah irgendwie viel zu klein aus, wie es da mitten auf der Straße stand, und Miles hoffte inständig, dass es ausreichen würde, um die Kühe daran zu hindern, in die falsche Straße einzubiegen. Miles nahm seine Position auf der anderen Seite der Straße ein. Niles radelte mit einem irren Grinsen auf dem Gesicht an ihm vorbei.

Dann kamen die Kühe.

Sie warfen ihm träge Blicke zu, wilde Blicke, anklagende Blicke. Die Kühe gingen so nah an Miles vorbei, dass er sie berühren konnte. Was er auch tat. Eine Kuh zuckte zusammen, als Miles die Hand ausstreckte und über ihre Flanke strich. Das Fell war rau, feucht und warm. Miles hob die Hand zu seiner Nase. Er roch wie ein Tier.

Die letzten Kühe trotteten vorbei und die Kreuzung war wieder leer. Geschafft! Zeit, das Zelt einzupacken. Das hätte eigentlich ganz einfach sein sollen, aber Miles hatte auch nach ausgiebigem Üben immer noch nicht den Bogen raus. Im Grunde genommen funktionierte das Zelt genauso wie der zusammenklappbare Sonnenschutz, den seine Mutter im Auto hatte, aber auch dieses Ding hatte Miles noch nie kapiert. Nachdem er sich eine Weile mit dem Zelt abgekämpft hatte, knäulte er es einfach zu einem unförmigen Klumpen zusammen, der mit Ach und Krach in seinen Rucksack passte. Er rannte los und schloss zur Herde auf, gerade als Niles erneut zweimal klingelte.

Es gab noch sechs weitere Kreuzungen auf ihrem Weg, und als sie zur vierten kamen, hatte Miles das Einpacken des Zeltes endgültig aufgegeben und schleppte es, fest gegen seinen Bauch gedrückt, mit sich herum. Das Zelt wehrte sich und tat sein Bestes, um ihn zu Fall zu bringen. Aber sie schafften es, ohne eine einzige Kuh zu verlieren. Und um 3:56 Uhr hatten sie die Sunnyslope Road erreicht. Ziellinie.

Fünf schrille Klingeltöne von Niles. Sie hatten Gesellschaft bekommen. Am Kopf der Kolonne wedelte Niles mit den Armen in Richtung einer Gestalt, die vor einem Haus auf dem Rasen stand. Als Miles näher kam, sah er, dass es ein Mann war, ein alter Mann, der nichts weiter am Leib trug als seine Boxershorts. Der Mann stand mit offenem Mund da und schaute der Kuhparade nach, die an seinem Haus vorbeizog. »Wenn uns irgendjemand sieht, was äußerst unwahrscheinlich ist«, hatte Niles im Labor gesagt, »dann musst du improvisieren. Kannst du ja gut.«

Miles versuchte zu schlucken, aber seine Kehle war wie zugeschnürt. Als er den Briefkasten des Hauses erreichte, vor dem der Mann stand, wusste er immer noch nicht, was er sagen sollte.

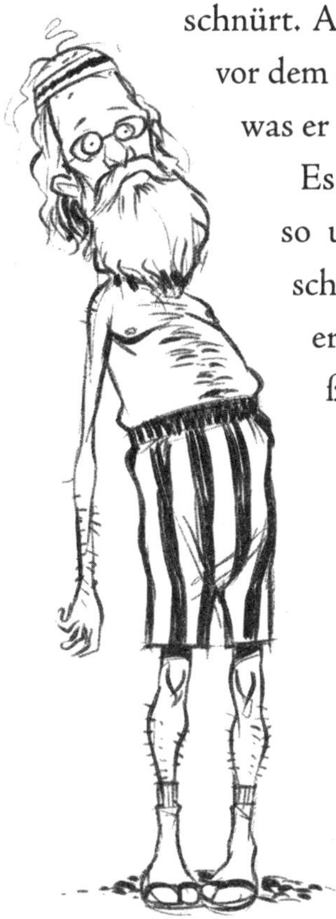

Es stellte sich heraus, dass der Mann doch nicht so unbekleidet war, wie es zunächst den Anschein gehabt hatte. Außer den Boxershorts trug er noch ein Stirnband aus Frottee. Seine weißen Haare waren ungekämmt und glänzten im Mondlicht.

Sie hatten es fast geschafft. Wenn jetzt noch etwas schiefging …

»Was macht ihr mitten in der Nacht mit all den Kühen in der Stadt?«, fragte der Mann.

»Was machen Sie mitten in der Nacht in Unterhosen vor Ihrem Haus?«, fragte Miles.

»Gute Frage«, sagte der Mann.

Und das war's.

Acht Minuten später führte Niles die Kühe durch die Einfahrt auf das Gelände der Yawnee Valley Akademie für Wissenschaft und Kunst. Er stieg vom Fahrrad und zog den Wagen mit dem Heu vor die Stufen zum Eingang, wobei er eine Spur aus Heu ausstreute. Der Schlüsselring, den Niles aus der Hose zog, war so groß, dass Miles ihn von ganz hinten am Ende der Herde sehen konnte. Niles machte sich am Türschloss zu schaffen und huschte hinein. Keine fünf Sekunden später leuchtete das Innere der Eingangshalle in gelbem Licht. Niles stieß die Türen auf und streute noch mehr Heu auf die Türschwelle. »Kooooomm, Susi, kooooomm!«, rief er und verschwand in der Schule, den Wagen hinter sich herziehend.

Susi beschnüffelte die Stufen. Sie schnaubte. Dann übersprang sie die Stufen mit zwei tapsigen Hopsern. Ihr Kopf war im Schulgebäude, dann ihr Brustkorb, schließlich ihr Rumpf und dann der Schwanz. Und dann kam die nächste Kuh.

Miles drängte die Kühe mit stetigem Druck nach vorn. Nach nur sechs Minuten waren einhundertsieben Kühe durch die Eingangstür getrottet und standen nun in der Yawnee Valley Akademie für Wissenschaft und Kunst.

Als das letzte Hinterteil durch war, schloss Miles die Tür. Dann wartete er draußen.

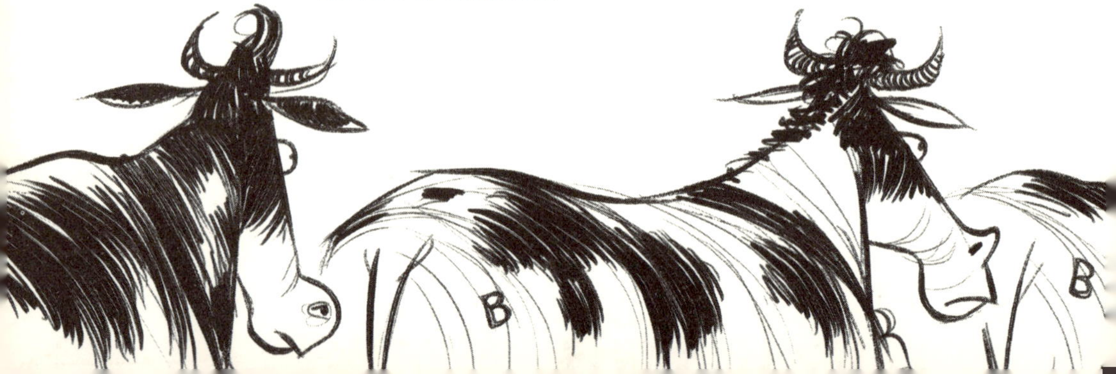

Schließlich kam auch Niles wieder aus der Schule heraus. Er schaltete das Licht aus und schloss die Eingangstür von außen zu. »April, April«, sagte er.

Miles und Niles ließen sich rücklings auf den nassen Rasen vor der Schule fallen.

Miles hob zwei Finger in den Himmel. »Gib mir fünf.«

Niles hob seine zwei Finger hoch.

Sie legten die Fingerspitzen aneinander. Und dann lachten sie.

Und lachten.

Kapitel 35

Um 4:03 Uhr klingelte das Telefon der Barkins.

Schulleiter Barkin hob ab. »Mmmmmpfffff«, sagte er.

»BARRY, HIER IST DEIN VATER, DER EHEMALIGE SCHULLEITER BARKIN. HABE ICH DICH GEWECKT?«

»Nein«, sagte Schulleiter Barkin.

»LÜG MICH NICHT AN! ICH KANN AN DEINER STIMME HÖREN, DASS DU EBEN NOCH GESCHLAFEN HAST.«

»Stimmt was nicht?«, fragte Schulleiter Barkin.

»WEISST DU, WAS FÜR EIN TAG HEUTE IST?«

»Der …«

»DER ERSTE APRIL, GANZ GENAU. UND DU SCHLÄFST! DAS KANN DOCH WOHL NUR EIN APRILSCHERZ SEIN! DU SOLLTEST WACH SEIN UND DEINE REDE ZUM ERSTEN APRIL SCHREIBEN!«

»Das habe ich gestern Abend schon gemacht«, sagte Schulleiter Barkin.

»DANN SOLLTEST DU SIE EINÜBEN!«

»Okay.«

»ÜBERLEG DIR GENAU, WO DU PAUSEN MACHST!«

»Okay.«

»ES MUSS EINE KRAFTVOLLE REDE SEIN!«

»Okay.«

»DAMIT JEDEM SCHÜLER KLAR IST, DASS DU APRILSCHERZE AUF KEINEN FALL TOLERIEREN WIRST!«

»Weißt du was, Dad?«, sagte Schulleiter Barkin. »Manche Leute würden es für einen Aprilscherz halten, jemanden um vier Uhr morgens anzurufen.«

»WIE KANNST DU ES WAGEN! DAS IST KEIN SCHERZ! ICH TREIBE KEINE SCHERZE MIT DIR. ICH HABE NOCH NIE IN MEINEM LEBEN EINEN SCHERZ GEMACHT.«

»Das war ein Scherz, Dad.«

»EIN SCHERZ? ODER EIN STREICH? VON EINEM SCHERZ IST ES NICHT WEIT BIS ZU EINEM STREICH, BARRY, UND DU BEWEGST DICH GERADE DARAUF ZU, WENN DU DEINEN VATER BESCHULDIGST, EINEN SCHERZ GEMACHT ZU HABEN. EIN SCHERZENDER SCHULLEITER! GENAUSO WIE DEIN OPA JIMMY. DU WEISST DOCH, DASS ER EINMAL …«

»Ich sollte wohl jetzt besser meine Rede üben, Dad.«

»DAS MEINE ICH AUCH!«

»Mach's gut.«

»GRÜSSE JOSH UND SHARON VON MIR.«

Barry Barkin setzte sich im Dunkeln auf die Bettkante und seufzte tief.

»Das war mein Vater«, sagte er zu seiner Frau. »Er lässt dich grüßen.«

»Mmmmmpfffff«, sagte Mrs Barkin.

Schulleiter Barkin konnte nicht mehr schlafen. Jedes Mal, wenn er die Augen schloss, sah er Miles Murphys Gesicht. Dieser kleine Trickser plante vermutlich schon seinen nächsten Streich. Schulleiter Barkin entschied, dass sein Vater recht hatte. Sein Vater hatte immer recht.

Er knipste die Nachttischlampe an.

Um 6:03 Uhr fuhr Schulleiter Barkin – geduscht, rasiert und mit dem Bauch voller Cornflakes auf Toast – auf seinen Parkplatz hinter der Schule. Er schaltete seine neue Autoalarmanlage ein und ging die Stufen zum Hintereingang der Yawnee Valley Akademie für Wissenschaft und Kunst hinauf.

Barkin schnüffelte.

Heute Morgen roch es irgendwie besonders stark nach Kühen. Vermutlich wehte der Wind den Geruch direkt von den Weiden herüber.

Barkin betrat das Schulgebäude. Auf dem Weg zum Lichtschalter prallte er in der Dunkelheit gegen etwas Großes, Haariges. »Was ist das denn?«, brummte er.

Barkin schaltete das Licht ein.

Es war eine Kuh.

Beinah hätte Barkin gelacht.

»April, April«, sagte er zu der Kuh.

Schulleiter Barkin hatte eine Liste mit Verdächtigen, auf der exakt ein Name stand. Augenscheinlich war dies Miles Murphys Vorstellung von einem Aprilscherz. Leider hatte dieser Miles keine Ahnung, dass sein Schulleiter immer in aller Herrgottsfrühe in die Schule kam. Schulleiter Barkin hatte alle Zeit der Welt, um diese Kuh zur Hintertür zu führen und die Treppe …

Schulleiter Barkins Hand fuhr zu der Bauchtasche auf seinem Hintern.

Tatsache 586.

Diese Kuh konnte die Treppe nicht hinuntergehen.

Also schön! Na gut! Er hatte trotzdem alle Zeit der Welt, diesen Aprilscherz zu vereiteln. Die Schüler würden erst in etwa einer Stunde hier erscheinen. Er konnte diese Kuh in seinem Büro verstecken.

»Hier entlang, Kuh«, sagte Schulleiter Barkin zu der Kuh.

Die Kuh sagte nichts.

Schulleiter Barkin stellte sich hinter die Kuh und schob. Dann stellte er sich vor die Kuh und zog. Die Kuh rührte sich nicht.

»Beweg dich, Kuh!«, sagte Schulleiter Barkin, jetzt wieder hinter der Kuh.

In diesem Moment kam eine zweite Kuh um die Ecke und guckte neugierig, was der Lärm zu bedeuten hatte.

»Zwei Kühe!«, sagte Schulleiter Barkin. Dieser Streich war ausgefuchster, als er gedacht hatte. Barkin war sich nicht sicher, ob zwei Kühe in sein Büro passen würden. Vielleicht konnte er eine davon in die Lehrertoilette stopfen.

Eine dritte Kuh schlenderte herbei.

Barry Barkin beschlich ein schreckliches Gefühl.

Auf Zehenspitzen huschte er durch die Eingangshalle und spähte um die Ecke.

»Nein«, sagte Schulleiter Barkin. »Nein, nein, nein, nein, nein, nein, nein, nein, nein, nein, nein, nein.«

Er rannte durch die Gänge. Noch mehr Kühe.

»Nein, nein, nein, nein, nein, nein, nein, nein, nein, nein, nein, nein, nein, nein, nein, nein, nein, nein!«

Kühe in den Klassenzimmern.

»NEIN, NEIN, NEIN, NEIN, NEIN, NEIN, NEIN, NEIN, NEIN, NEIN, NEIN, NEIN, NEIN, NEIN, NEIN, NEIN, NEIN, NEIN!«

Das war schlimm. Das war sehr schlimm. Barkin musste sich etwas einfallen lassen, und zwar schnell – irgendetwas, um diesen Schultag zu retten. Er brauchte einen Ort, wo er nachdenken konnte. Einen Ort ohne Kuh. Er rannte die Treppe hoch, schob sich durch immer mehr Kühe und zog die Tür zur Besenkammer auf. Sein Heiligtum. Seine Festung.

Er schaltete das Licht ein.

»Nein.«

Eine Kuh knabberte an dem Wischmopp. Das war der letzte Schlag.

Kapitel 36

Um 7:45 Uhr überquerten Miles und Niles den Parkplatz und gesellten sich zu dem großen Haufen von Schülern, der sich auf dem Rasen versammelt hatte. Schulleiter Barkin hielt ein Megafon in der Hand. Er blockierte den Eingang zum Schulgebäude. Die Schüler würden später einmütig erklären, dass Barkins Gesicht noch nie so lila gewesen war. Es sah aus, als ob auf seinem Hals eine schreiende Blaubeere sitzen würde.

»ICH WIEDERHOLE: BILDET GEFÄLLIGST EINEN ORDENTLICHEN HAUFEN!«

»Was ist denn los?«, fragte Holly.

»Ja!«, sagte der Junge, der Scotty hieß. »Was ist los?«

»WAS LOS IST? ES IST SO, DASS IHR NICHT IN DIE SCHULE KÖNNT, WEIL … WEIL ES BRENNT.«

Panik. Gekreische.

»GEBRANNT HAT! GEBRANNT HAT! NUR EIN KLEINES FEUER, DAS LÄNGST GE-

LÖSCHT IST. BLEIBT AUF DEM SCHULGELÄNDE! ES IST ALLES IN ORDNUNG!«

»Wenn alles in Ordnung ist, warum können wir dann nicht rein?«, wollte Miss Shandy wissen.

»ÄHM ... WEIL ES EINE ÜBERFLUTUNG GEGEBEN HAT. GLÜCKLICHERWEISE HAT DIE ÜBERFLUTUNG DAS KLEINE FEUER GELÖSCHT, ABER JETZT IST HIER JEDE MENGE WASSER. BLEIBT ZUSAMMEN. DIE SCHULE WIRD BALD BEGINNEN.«

»Ey Mann, hier riecht's nach Kuh!«, sagte Stuart.

»WAS? NEIN. DAS IST NUR DER GERUCH NACH VERBRANNTEN SACHEN, DIE NASS GEWORDEN SIND. WENN ETWAS GEBRANNT HAT UND DANN ÜBERFLUTET WIRD, RIECHT ES MANCHMAL NACH KUH.«

Im Kunstraum muhte eine Kuh.

»Das klang nach einer Kuh«, sagte Holly.

»LÄCHERLICH. WAS IST WAHRSCHEINLICHER, HOLLY? DASS WIR EIN FEUER UND EINE ÜBERFLUTUNG HATTEN ODER DASS KÜHE IN DER SCHULE SIND?«

»Das Feuer und die Überflutung, denke ich.«

»GENAU, HOLLY, GENAU.«

»Ey Mann, da steht 'ne Kuh im Kunstraum!« Stuart beschattete seine Augen mit den Händen und spähte durch das Fenster.

»STUART, HALTE DICH VOM SCHULGEBÄUDE FERN!«

»Ey, Leute, da stehen *sechs* Kühe im Kunstraum! Echt!«

Chaos. Gelächter.

»KINDER! ALLE MAL HERHÖREN! SCHULLEITER BARKIN GIBT KUND: HALTET EUCH VOM SCHULGEBÄUDE FERN! SCHAUT NICHT DURCH DIE FENSTER!«

»*Überall* sind Kühe! Nee, Leute, echt jetzt!«

Hinter Barkin trat Susi ans Fenster.

»Also wenn das keine tolle Sache ist«, sagte Holly.

»Noch 'ne Kuh!«, sagte Stuart. »Das ist ja echt kuh-rios, Leute!«

Susis Atem hinterließ einen feuchten Beschlag auf der Fensterscheibe.

»HIER GEHT NICHTS BESONDERES VOR!«, schrie Barkin.

»Ich glaube, die Kuh … äh, die Katze ist aus dem Sack, Barry«, sagte Miss Shandy.

»GEHT WEG! GEHT NACH HAUSE! HÖRT AUF ZU GLOTZEN! GEHT SCHON!«, schrie Schulleiter Barkin. »DIE SCHULE FÄLLT HEUTE AUS!«

Tumult. Tosender Applaus.

Kapitel 37

Miles ging zu Niles nach Hause, um bei einem ausgiebigen Frühstück ihren Erfolg zu feiern: Frühstücksflocken, Müsli, Toast, drei verschiedene Sorten Marmelade, Rührei mit Zwiebeln und dazu große Gläser mit Milch. Es war köstlich.

Aber der Streich war noch nicht zu Ende.

Gegen halb elf kehrten Miles und Niles zur Schule zurück.

Barkin war hinter der Schule, wohin er sich mit seinem Sohn zurückgezogen hatte, nachdem die anderen Schüler gegangen waren. Eine Zeitlang hatte Josh versucht, eine Kuh aus dem Hintereingang die Treppe hinunterzuschubsen.

»Die will nicht die Treppe runter, Dad!«

»Natürlich nicht!«, hatte Schulleiter Barkin gesagt. »Hast du denn nie das Buch gelesen? Du bist mir keine Hilfe. Geh heim.«

Er hatte seine Frau angerufen, damit sie Josh abholen kam, und verbrachte dann die nächsten Stunden mit Herumsitzen.

»Niles, ich bin froh, dich zu sehen«, sagte Schulleiter Barkin, als er die beiden näher kommen sah. »Miles, ich bin nicht froh, dich zu sehen. Es sei denn, Niles kann beweisen, dass du es warst, der diese Kühe in die Schule geschafft hat, und du bist hier, um dich freiwillig zu stellen.«

HAPPI

»Ich war's nicht«, sagte Miles.

»Das sagst du immer«, erwiderte Schulleiter Barkin. »Du solltest dir ein T-Shirt mit diesem Spruch bedrucken lassen. Und dann werde ich ein T-Shirt anziehen, auf dem steht: ›Oh doch, du warst es!‹«

»Schulleiter Barkin«, sagte Niles. »Miles kann es nicht gewesen sein.«

Barkin starrte seinen Schulhelfer an. »Warum nicht?«

»Weil Miles bei mir übernachtet hat.«

»Mitten in der Woche?«

»Wir haben für Miss Shandys Test gelernt«, sagte Niles.

»Test«, sagte Schulleiter Barkin, einer Ohnmacht nahe. »Ausgerechnet heute, wo ein Test geschrieben werden sollte, fällt die Schule aus.«

»Und heute wäre auch Wahltag gewesen!«, setzte Niles hinzu. »Wir hätten unseren Jahrgangssprecher wählen sollen.«

Schulleiter Barkins Blick wurde glasig.

»Sieht so aus, als ob die Kühe immer noch da wären«, sagte Miles.

»Natürlich sind sie noch da«, sagte Schulleiter Barkin. »Sie können die Treppe nicht runtergehen. Hat denn niemand das Buch gelesen?«

»Na ja, vielleicht sollten Sie Ihren Bruder anrufen«, sagte Niles. »Er ist doch Bauer, oder?«

»Das geht nicht. Sie alle tragen das Brandzeichen ›B‹. Es sind seine Kühe.«

»Oh!«, sagte Niles. »Aber … Sollten Sie es ihm nicht gerade deswegen sagen?«

»Nein, nein, nein … Bob kann nichts für sich behalten, und – ach, das würdet ihr Jungs nicht verstehen. Danke, dass du gekommen bist, Niles, aber ich fürchte, du kannst mir nicht helfen. Und du, Miles, sowieso nicht.«

»Wir glauben«, sagte Niles, »dass wir herausgefunden haben, wer das war. Wir glauben zu wissen, wer für all diese Streiche verantwortlich ist.«

Barkins Kopf ruckte hoch. »Ehrlich?«

»Ja«, sagte Miles. »Wir glauben … Na ja, wir glauben …«

»Wir glauben, es war Josh«, sagte Niles.

»Josh wer?«, fragte Schulleiter Barkin.

»Josh Barkin«, sagte Miles.

»Josh, mein Sohn, Barkin?«, fragte Schulleiter Barkin.

»Ja«, sagte Niles.

»DAS IST DOCH VERRÜCKT!«, rief Schulleiter Barkin und sein Gesicht färbte sich lila.

»Tatsächlich?«, sagte Niles. »Denken Sie doch mal nach: Er hat Zugriff auf Ihre Wagenschlüssel. Und auf die Schlüssel zur Schule. Und auch auf die Spindkombinationen! Vielleicht ist Josh derjenige, der Miles die Sache mit dem Tortenkatapult untergeschoben hat. Wir wissen doch beide, dass Josh Miles von Anfang an nicht leiden konnte.«

»Niemand mag Miles. Er ist ein Trickser.«

»Und was, wenn er das nicht ist?«

Barkin zögerte. »Aber nein! Das ist unmöglich! Er war gestern Nacht auf Cody Burr-Tylers Lagerfeuer-Fete!«

»Mitten in der Woche?«, fragte Niles.

»Na ja, ihr versteht doch …«, sagte Barkin. »Schließlich war es *Cody Burr-Tyler …*«

Miles grinste. »Schulleiter Barkin«, sagte er, »es gibt gar keinen Cody Burr-Tyler.«

»ALSO … *DAS* IST DOCH WIRKLICH VERRÜCKT!«

»Das *ist* verrückt«, sagte Niles. »Schließlich waren wir alle auf seiner Geburtstagsparty! Ich habe dem Typ ein teures Geschenk gekauft!«

»Ich habe letzte Woche ein paar Schüler aus St. Perpetua getroffen«, sagte Miles. »Sie haben noch nie etwas von einem Cody Burr-Tyler gehört.«

»Aber wem habe ich dann das Geschenk gemacht?«, fragte Niles entgeistert. »Wer hat *all* die Geschenke bekommen? Wer war das, der mit diesem Footballhelm auf der Party auftauchte? Aber Moment mal …«

»Richtig: Josh war der Einzige, der nicht auf der Party war …«, sagte Miles.

»Nein, nein, nein, nein. Ich habe die Einladung zu der Lagerfeuer-Fete hier. Seht ihr? Von Cody Burr-Tyler.« Barkin zog eine Karte aus seiner Bauchtasche.

Niles warf einen Blick darauf. »Rote Tinte.« Er atmete langsam und mit tragischem Gesichtsausdruck ein und aus und schüttelte den Kopf. »Ich sage das nur ungern, aber das könnte eine Fälschung sein, Schulleiter Barkin. Josh war der einzige Schüler, der meinen selbst entworfenen Halbjahrs-Fragenkatalog mit roter Tinte ausgefüllt hat …«

Lieber Josh Barkin,

ich möchte dich herzlich zu meiner jährlichen Lagerfeuer-Fete einladen, einer Übernachtung unter freiem Himmel in der Nacht vom 31. März auf den 1. April. Seit einhundert Jahren wird diese lieb gewonnene Tradition gepflegt, um zum Frühlingserwachen unsere Tugend und unser Ehrgefühl zu stärken. Leider fällt das Datum diesmal auf einen Schultag. Ich hoffe, du kannst trotzdem kommen. Ich verspreche dir, dass wir rechtzeitig schlafen gehen. Mein Vater wird dich am nächsten Morgen pünktlich zur Schule fahren.

Mit den besten Grüßen,

dein guter Freund

Cody Burr-Tyler

Ausnahmsweise wurde Barkin nicht lila. Er wurde blass. »Entschuldigt mich, Jungs. Ich muss mal telefonieren.«

Anfang dieser Woche hatte Josh Barkin tatsächlich eine Einladung bekommen. Eine Einladung von Cody Burr-Tyler. Aber es war keine Einladung für eine Lagerfeuer-Fete. Und sie war auch nicht mit roter Tinte geschrieben, sondern mit einem blauen BIC-Kugelschreiber. Und Miles hatte sie am 23. März abgeschickt.

Folgendes stand drin:

Lieber Josh Barkin

Hey, was geht ab? Glückwunsch!
Du bist auserwählt als neues Mitglied des

CODY BURR-TYLER
TRICKSER-GEHEIMCLUBS!!

Aber immer der Reihe nach! Noch bist du nicht drin. Wenn du in den Club willst, musst du was dafür tun. Du musst Mut beweisen. Du musst die ganze Nacht in meinem geheimen Hauptquartier verbringen, und zwar …

MITTEN IN DER WOCHE !!!!!!!!!!!!!!!!!!

Bleibe in der Nacht des 31. März in meinem Baumhaus. In der Morgendämmerung des 1. Aprils schnitzt du deine Initialen in die Wand. DANN BIST DU DABEI!

(WARNUNG: Wir werden dich beobachten. Wenn du erst am frühen Morgen auftauchst und so tust, als ob du die ganze Nacht dort gewesen wärst, werden wir das merken. Wenn du versuchst, deine Initialen vor dem Morgengrauen einzuschnitzen, ebenso. Und dann bist du draußen. AUF IMMER UND EWIG!)

Wie du das anstellen sollst? Dein Problem! Erfinde was. Sag deinen Eltern, dass du mit mir zu einer Lagerfeuer-Fete gehst oder ... Moment mal! Warum sollte ich dir Ideen liefern? DENK SELBST!

VERNICHTE DIESE NACHRICHT,
WENN DU SIE GELESEN HAST.
ISS SIE AUF ODER SO.

– CODY

Mehr als ein kurzer Anruf von Schulleiter zu Schulleiter war nicht nötig, um Schulleiter Barkin davon zu überzeugen, dass Miles und Niles die Wahrheit sagten: In St. Perpetua gab es niemanden namens Cody Burr-Tyler. Aber Josh, der von Barkin zu Hause verhört wurde, schwor, dass es Cody trotzdem gab. »Okay, ich war nicht bei seiner Lagerfeuer-Fete. Aber ich kann Onkel Bobs Kühe nicht in die Schule geschafft haben. Ich war die ganze Nacht in Cody Burr-Tylers geheimem Hauptquartier. Ich habe sogar meine Initialen in die Wand des Baumhauses geschnitzt. Mit Datum! Ich zeig's dir.«

Und so folgte Schulleiter Barkin Josh in den Wald. Doch während Nägel, Schrauben, Werkzeug und sechs Wochen Zeit für den Aufbau eines Baumhauses nötig sind, braucht es nichts weiter als zwei Vorschlaghammer, ein köstliches Frühstück und ein paar Stunden, um dasselbe Baumhaus wieder dem Erdboden gleichzumachen.

1. APRIL

»Aber ...« Josh Barkin stand am Fuß der Platane und starrte in das Geäst hinauf, in dem die ersten Knospen zu sehen waren, die sich bald strahlend rot öffnen würden.

»Ich will, dass du nach Hause gehst, hinauf in dein Zimmer«, sagte Schulleiter Barkin. »Du hast Hausarrest. Und obwohl es mir großen Kummer bereitet, muss ich dir sagen, dass du dich von nun an auf Bewährung in der Yawnee Akademie für Wissenschaft und Kunst befindest.«

»Aber du kannst mir keine Bewährung geben. Das würde bedeuten …«

»Ja, das würde bedeuten, dass du nicht als Jahrgangssprecher kandidieren kannst. Wenn wir ein neues Datum für die Wahl ansetzen, wird Holly Rash ohne Gegenkandidaten antreten.«

Josh wandte ihm den Rücken zu und murmelte: »Brotgehirn.«

Aber Schulleiter Barkin war noch nicht fertig. »Und Josh«, sagte er. »Ich kann dich sehr wohl unter Bewährung stellen. Ich kann alles tun, was ich will. Ich bin ein Schulleiter.«

Schulleiter Barkin rückte seine rote Krawatte zurecht. Er hatte einen ziemlich schlimmen Tag hinter sich, aber das war eine ziemlich gute Power-Rede gewesen.

Kapitel 38

Die beste Möglichkeit, eine Herde Kühe über ein paar Stufen nach unten zu führen, ist eine Rampe. Die Rampe muss lediglich aus ein paar festen Holzplatten bestehen, die man auf die Treppe legt. (Auf diese Weise ist es auch gar nicht schwer, einen Wagen eine Treppe hochzufahren.) Als Bob Barkin an der Schule ankam, um eine solche Rampe anzufertigen, schlief Miles Murphy bereits tief und fest.

So früh war Miles noch nie zu Bett gegangen, nicht einmal wenn er krank war. Nachdem Miles zum zweiten Mal an diesem Tag von der Schule zurückkam, war er geradewegs zur Einfahrt seines neuen Hauses gegangen, wo sein Handwagen auf ihn wartete. Im Wagen lag ein Geschenk in grünem Einwickelpapier. Miles nahm es mit in sein Zimmer und packte es aus. In einem Schuhkarton, eingehüllt in Seidenpapier, lag eine Schärpe mit der Aufschrift: HELFER DES SCHULHELFERS. Er streifte sie über. Vielleicht lag es daran, dass er so müde war, aber die Schärpe gefiel ihm.

Miles Murphy putzte sich die Zähne und ging ins Bett. Sein Notizbuch schob er sich unter sein Kopfkissen. Die Sonne strahlte durch sein Fenster, aber er zog die Vorhänge nicht zu.

Miles Murphy war ein Cowboy. Ein Viehtreiber. Eine lebende

Trickser-Legende. Und keiner wusste davon. Außer ihm selbst. Und Niles Sparks. Und das war gut so, und sein Bett war warm, und es dauerte nicht lange, da fiel Miles in den tiefsten und besten Schlaf, seit er nach Yawnee Valley gezogen war.

Irgendwo in der Ferne muhte eine Kuh.

Über die Autoren

Mac Barnett ist ein mehrfach preisgekrönter Autor zahlreicher Kinderbücher, darunter die Bilderbücher »Extra Garn« und »Sam und Dave graben ein Loch«, die von Jon Klassen illustriert wurden. U.a. hat er den Caldecott Honor und den Boston Globe-Horn Book Award gewonnen. Neben seiner Tätigkeit als Autor war er u.a. Lehrer und Gründer eines Supermarkts für Zeitreisende. Mac Barnett lebt in Berkeley, Kalifornien.

Jory John ist Autor, Journalist, Lektor und Coach für kreatives Schreiben und darstellende Künste. Er hat zwei Bilderbücher veröffentlicht und ist Co-Autor des Bestsellers »Alle meine Freunde sind tot«. Jory John lebt in der Bucht von San Francisco. Er und Mac sind seit über 10 Jahren befreundet.

Kevin Cornell ist Illustrator zahlreicher Kinderbücher, u.a. von zwei Bilderbüchern von Mac Barnett. Er lebt mit seiner Frau und seinem Hund in Philadelphia.

Jory John / Mac Barnett

Miles & Niles – Schlimmer geht immer

ca. 224 Seiten, ISBN 978-3-570-16442-6

Im Streichespielen sind Miles & Niles die Größten. Schon jeder für sich war ein Meister seines Fachs – aber jetzt, wo sie sich zusammengeschlossen haben, sind sie ein unschlagbares Trickser-Duo! Oder zumindest dachten sie das ... Bis ihr Lieblingsopfer, Schulleiter Barry Barkin, aufgrund ihres Geniestreichs seines Amtes enthoben und durch seinen furchteinflößenden Vater Bertrand Barkin ersetzt wird. Bertrand, der gestrenge Hüter der Prinzipien der Schulleiter-Macht, ist nun leider eine ganz harte Nuss. Er scherzt nicht. Er lacht nicht. Und er duldet keine Streiche. Bald schon wünschen sich Miles & Niles, was sie nie für möglich gehalten hätten: Sie wünschen sich Barry Barkin zurück!

60039